ボリス=レオニードヴィチ
=パステルナーク

パステルナーク

●人と思想

前木　祥子 著

145

CenturyBooks　清水書院

はじめに

二〇世紀もあと数年で終わろうとしている。今世紀の歴史的大事件は、と振り返ったとき、ロシア革命をその一つに挙げるのに異論を唱える人はいないだろう。一九一七年に誕生した有史以来初めての社会主義国家ソヴェト社会主義共和国連邦は、一九九一年に崩壊し、それに前後した東西ドイツ統一などにより、ヨーロッパの地図はがらりと変わった。二〇世紀はアメリカの世紀という見方もあろうが、まさにロシアで始まり、ロシアに終わった世紀でもあった。

ボリス＝レオニードヴィチ＝パステルナークは、一八九〇年、ロシアに生まれた。少年時代に一九〇五年の第一次ロシア革命を迎え、青年期に第一次大戦と第二次革命に遭遇した。以来、ソヴェト国家体制のもとで、大粛清の時代、第二次大戦の日々を生き、一九六〇年に七〇年の生涯を閉じた。同年代の知識人があるいは亡命し、あるいは自殺し、あるいは粛清される中で、自殺や粛清の危機を乗り越えて生き永らえたパステルナークは時代の証人であり、その人生を辿ることは、二〇世紀のロシア・ソヴェトの歴史を辿ることに通じる。

本書では、文学者について語るのに、社会的記述に力が入りすぎたかも知れない。しかし、政治と文学が複雑に絡み合った国家に詩人が生きていた以上、避けては通れない問題なのである。まして、パステルナークはかつて誤って報道されたように「政治とは無縁の」「孤高」の詩人などではなく、積極的に社会との関わりを持ち、社会の動きに敏感に反応してきた人間である。集団農場化について当局に猛然と抗議したかと思うと、わずか二年後には社会主義に賛同する詩を書く。それを無節操、不定見と片づけられぬ社会的背景があったこと、誠実に懸命に生きようとした故の迷いであり、誤りであったことを私は伝えたかったのである。

社会との関わりにおいてのみならず、私生活でも躓（つまず）きの多かったパステルナークの人生が私は好きである。あらゆる問題に全力で真っ向からぶつかったパステルナークだが、妻と愛人との二重生活を死ぬまで清算できなかった。『ドクトル・ジバゴ』事件から立ち直り、「雪がいやせぬ悲しみなどない」と言った強靭な精神力を持ついっぽう、妻とイヴィンスカヤの間では立往生するばかりだった。死の床で、二重生活をしたことを妻子に詫びながら逝ったのである。何という人間臭い生きざまであることか。

パステルナークの作品は他の詩人に絶大な影響を与え続けた。その詩は難解だと言われるが、そうではない。語彙、韻律、語結合の意外性、抑制されてなお、溢れんばかりの情感、のびやかな官能、どれをとっても、あまりに豊かで独創的であるため、光の扉を開けたときのように、読者は一瞬、茫然としてしまうのだ。古今東西のすぐれた芸術作品に通暁した、二〇世紀ロシアの女流詩人

М＝ツヴェターエワでさえ、「かつて、このような詩があっただろうか」と驚嘆するのである。詩人に対するソヴェト・ロシアでの評価はめまぐるしく変わった。ソヴェトの最良の詩人と称賛された一九三四年、「社会の寄生虫」、「祖国に汚物を撒き散らす豚以下の存在」と罵られた一九五八年。死後も無視され続けたがゴルバチョフ政権下で名誉回復し、生誕百年にあたる一九九〇年には、百年祭がボリショイ劇場で盛大に祝われたのである。

ロシアは急激に変わりつつある。今は一時のパステルナーク・ブームも去り、人々は生活の対応に追われ、文学どころではないというところだ。文学のみならず、過去はすべて追いやられている。「スターリンって、昔の大統領だろ？」と言う若者さえ珍しくはないのである。わが国においても似たりよったりの状況である。嘆いているわけではない。文学を切実に必要とする人々が多い国は不幸な場合が多いのだから。だが、いつの時代でも、どこの国にも、文学を愛する人はいる。私の非力でパステルナークの魅力をどこまで伝えられたか心もとないが、本書を手にして下さった人々の心に残る一篇の詩があるなら、何よりの幸せである。

最後に、年代表記について申し上げておく。帝政ロシア時代には旧暦が用いられていた。新暦（グレゴリウス暦）が採用されたのは、一九一八年二月一四日（新暦）である。これ以前の記述は原則として旧暦に基いている。旧暦に一三日を足すと、新暦が得られる。

目次

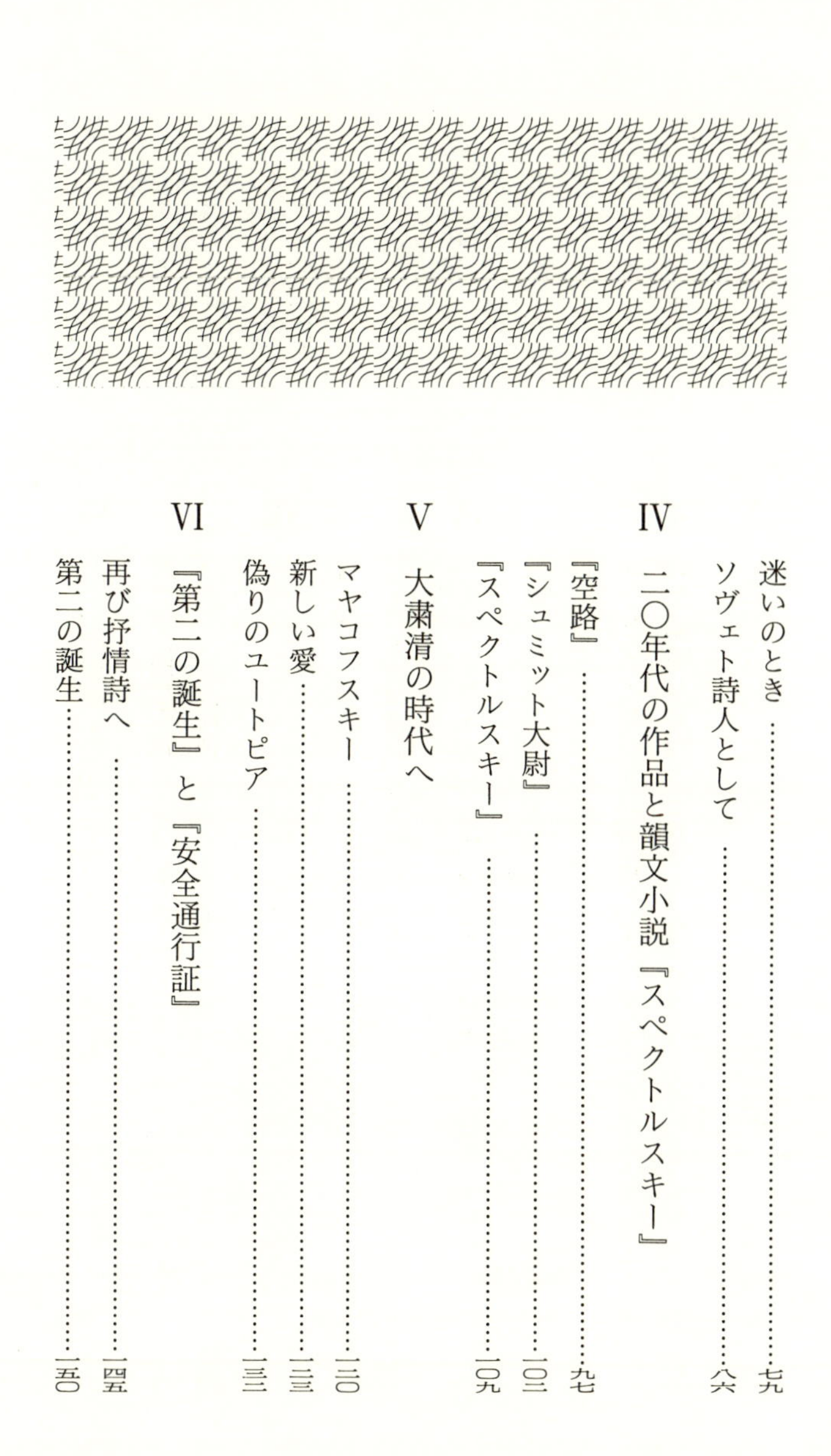

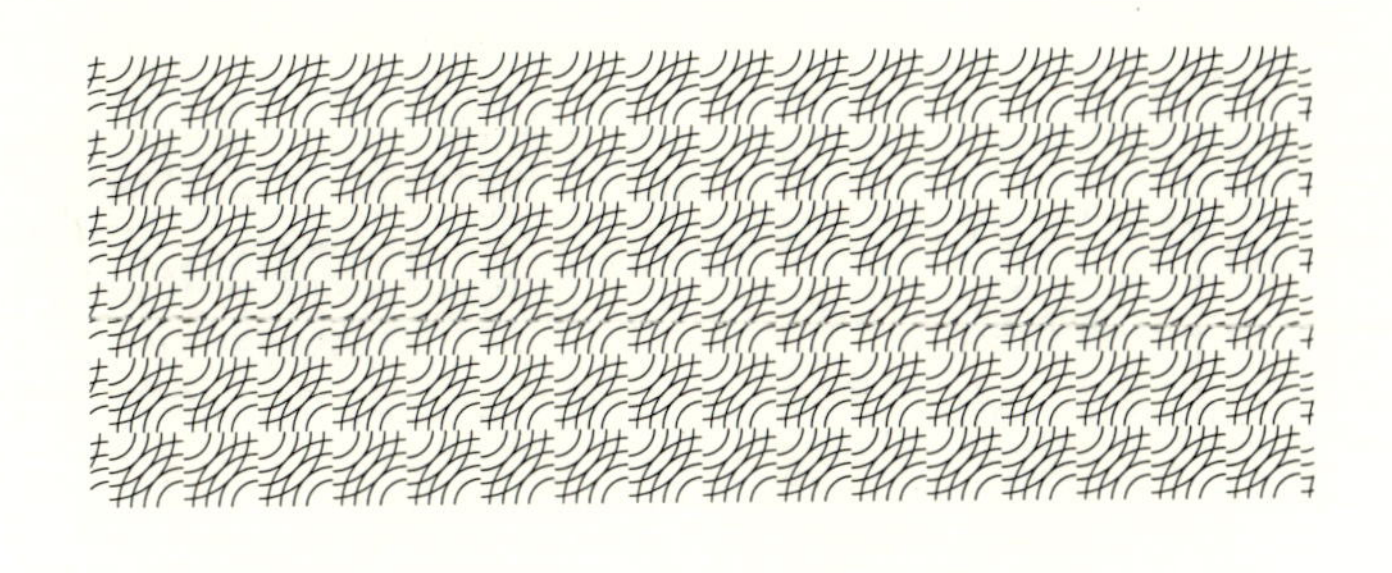

パステルナーク関連地図(1)

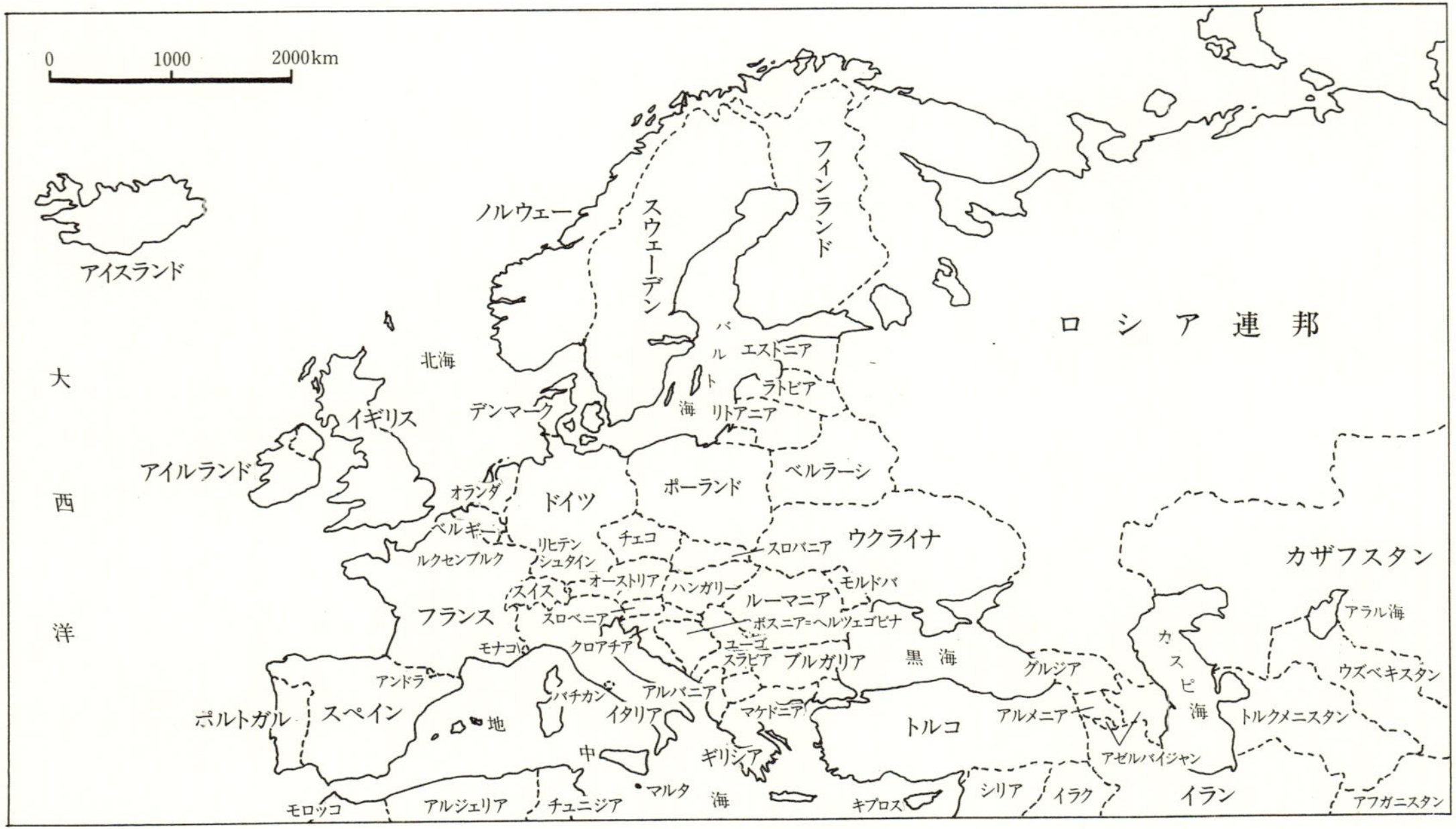

パステルナーク関連地図(2)

I　詩に至る道

生い立ち

「沈黙が叫んだ」

ボリス＝レオニードヴィチ＝パステルナークは死の床で、ロンドンからやって来るはずの妹を待っていた。しかし、ソヴェト政府の入国許可証の発給は遅れた。パステルナークの妹リディア＝パステルナーク＝スレーターが兄の住んでいたペレデルキノに到着したとき、彼はすでに墓のなかだった。

リディアははじめて兄の家に足を踏み入れ、書斎に入り、次のように回想している。

眼下に広がる景色は、ボリスが机に向かって仕事をするとき目にした風景だった。しかし、生前の彼が見たことのなかったものを私は見た。それは家の門から緑の野原を抜け、はるか遠方、野原の終わるところまで続く、リボンのように細い、しっかりと踏み固められた道だった。彼の葬儀の日に、何千何万という人の足で作られたのだった。

まったく奇妙なことだった、葬儀については何一つ公けにされなかったのだから。新聞に死亡記事は掲載されず、葬儀の広告もなかった。ボリス＝パステルナークが死亡した事実を伝える目立たない小さな一行が文学新聞に出ただけだった。

しかし、会葬者たちを乗せた列車は朝早くからペレデルキノに到着した。（略）

彼らはいったいどうやって知ったのだろう。

蒸暑い空気が、雲が、葉の囁きが語ったに違いない。家から家へ、電話の回線を通じて、口から口へ、悲しい知らせはロシア中に広がった。沈黙が叫んだのだ。葬儀の日時を知らせる手書きのメッセージがモスクワ郊外線の駅に貼られた。剝がされるたびに、新しい同じメッセージが同じ場所に貼られたのだった。

（L＝パステルナーク編『パステルナーク五〇の詩』の序より）

リディアにとっては、四〇年ぶりの祖国だった。

芸術家の両親　「私は旧暦一八九〇年一月二九日にモスクワで生まれた。すべてではないが、多くを、アカデミー会員で画家の父レオニード＝オシッポヴィチ＝パステルナークと、優秀なピアニストの母におっている」

一九二六年の作家報のなかで、パステルナークは自分の生まれについてこのように書いている。画家の父と音楽家の母から、豊かな芸術的天分を受け継いだのである。

父レオニード＝パステルナークは一八六二年、ポーランド国境に近い黒海沿岸の都市オデッサに生まれた。オデッサはもともとユダヤ人が多く居住する町として知られているが、パステルナーク家もユダヤの家系である。由緒ある血筋だったというが、レオニードが生まれた当時の生家は借家業を営み、豊かな暮らしではなかった。両親は息子が医者か弁護士になることを願っていた。レオニードは法律の勉強のためモスクワに出てくるが、次第に絵の道にも惹かれ始める。彼の青春の軌跡は複雑で法律と美術の間をいくたびも行きつ戻りつしている。彼は夢想家ではなく、画家として生活していけるか、真剣に悩んだのである。

一八八五年、兵役につくために故郷のオデッサに戻った時、レオニードは画家として立つ決心を固める。その頃、ある夜会でロザリア＝カウフマンと出会う。レオニード、二十三歳、ロザリアは十八歳であった。

ロザリア＝カウフマンは一八六七年、オデッサの富裕な工場経営者の家庭に生まれた。幼少から音楽に才を現し、五歳のとき、従兄のピアノレッスン中にグランドピアノの下にもぐりこみ、数日後、楽譜なしで完璧にその曲を再現してみせたという驚くべきエピソードが残っている。九歳で初リサイタルを開き、一八七八年の二度目のリサイタルで大成功を収め、演奏旅行を開始した。わずか一一歳のときのことであるから、まさにモーツァルトなみの早熟さである。その後、巨匠アントン＝ルビンシュタインに認められ、ロシア国内だけでなくオーストリア、ポーランドでも熱狂的に迎えられた。

ロザリアは心臓が悪かった。幼い頃から続いた過度の集中と緊張が、生来の体質にさらに悪い影響をもたらしたのである。このため演奏活動を一時中止することもあった。しかし、彼女の才能は圧倒的で、すでに十九歳でオデッサ音楽院の教授となった。

恐るべきヴィルトオーゾは無名の画家と恋におちた。出会いから四年目の一八八九年、レオニード＝パステルナークとロザリア＝カウフマンは結婚し、モスクワに出る。ロザリアは教授の地位を捨て、夫となる人の未来をとったのである。

二人の芸術家

レオニードとロザリアの二人を並べると、同じ芸術家ながらまったく違う型の人間であったことがわかる。レオニードはいわゆる晩成型の芸術家に共通する特徴を備えていた。穏やかで、バランス感覚に富み、体力に恵まれていた。芸術家にありがちな放埒な暮らしを嫌い、規則正しい家庭生活と仕事を好んだ。これにたいし、ロザリアは家族を愛し、家庭経営もよくしたようだが、本質的には天才肌の音楽家で、研ぎすまされた感覚の持ち主だった。「まだ誰も気付かず、気配すらしないうちから嵐の到来がわかった」（『パステルナークの五〇の詩』）とリディアは母について書いている。

奇妙なことに、リディアをはじめパステルナーク家の子供は、ロザリアの人となりについて寡黙である。音楽の才能については、一様に賞讃を惜しまないが、家庭内のエピソードはあまり語られず、今日、われわれが生き生きしたロザリア像を描くのは難しい。「母は自分の失われたコンサート・ピアニストとしての経歴を思って秘かに涙し、絶えず抑圧を感じていたかも知れず、こんな思いが今も私を苦しめる」（A＝パステルナーク『回想』）と書いたのは次男アレクサンドルである。

またリディアは、「母は音楽そのものであった」と述べ、「母の犠牲は大きすぎ、私たちは生まれなかったほうがよかったと思わずにはいられない」とまで言っている。しかし、彼女はこの文を次のような言葉でしめくくった。「だが、おそらくそれはボリスの存在によって正当化された」（『パステルナークの五〇の詩』）

当のボリス＝パステルナークは父レオニードについてはよく語り、その控え目な態度、強靱な精神力、みずみずしい感性、芸術に対する情熱、人間的なあたたかさに惜しみない賛辞を表明しているが、母については弟妹よりもさらに言葉少なである。「ぼくはむしろパパみたいになりたいんだ」と妹に言ったという。だが、ボリス少年は母親から鋭い感受性を受け継いでいた。

ボリスの誕生

一八九〇年、レオニードとロザリアに長男ボリスが生まれた。夫妻は、クレムリンを中心としたモスクワ市の北北東、凱旋門をのぞむトヴェリ通りのヴェドネェフ・アパートに暮らしていた。満足なアトリエも音楽室もない住居。新進の移動展覧派画家として注目され始めていたとはいえ、夫には定収入がなく、暮らしは苦しかった。妻はピアノの個人教授

パステルナークの両親（1896年）

等で家計を助け、ボリスはロシア人の乳母に育てられた。レオニードもロザリアもシオニストではなく、乳母が息子をロシア正教会に連れていくのに反対しなかった。

ボリスが生まれた頃から、レオニードはイラストを手掛けるようになり、これが評価されて家の財政状態は急速に上向いていく。早くも翌年には、広いアパートに引っ越した。ボリスの記憶に残っている一番古い住居である。このルイジン・アパートで三つ違いの弟アレクサンドルが生まれた。

レオニードの絵は文豪レフ＝トルストイの目にとまり、作品の挿し絵を描くことになった。トルストイは『復活』の執筆中だった。急ぎの仕事のため、画家は作家の領地ヤースナヤ・ポリャーナに出向くようになる。

絵画・彫刻・建築学校へ

トルストイ作品の挿し絵を契機に、レオニード＝パステルナークの名声は高まった。

一八九四年五月末、モスクワ絵画・彫刻・建築学校の視学官でモスクワ芸術協会の責任者だったリボフ公が訪れ、レオニードを講師に迎える用意があるので、それに必要な申請書類を提出するよう求めた。絵画・彫刻・建築学校といえば、ロシアでも屈指の芸術学校である。願ってもない話だったが、レオニードは冷静、誠実に対応した。

私はただちに心からの喜びと、光栄なる招聘に対する感謝を表明した。しかし、同時に、ユダヤ人であることがこの件の大きな障害になるのではないかとも述べた。ユダヤ教の伝統的な宗教儀式とは無縁だったが、私は神を深く信じており、利己的な目的のために改宗しようとは決して思わなかった。

（E＝パステルナーク『ボリス・パステルナーク』）

ロシアは皇帝を長とするロシア正教の国であったから、レオニードのこの発言は当然、帝国立学校への就職には不利になるはずだった。画家は権力におもねらぬ、誠実な人だったのである。彼の人柄がリボフ公を動かしたのか、その才能が抜きんでていたためか、一ケ月後、人物画クラスの講師に採用されることが正式に決定した。俸給は年額六〇〇ルーブル。決して高給とは言えないが、美術学校内のアトリエと住居が提供された。

こうして、一八九四年秋、パステルナーク家は、モスクワの北東ニコライ駅近くのミャスニツカヤ通り、旧郵便局前の絵画・彫刻・建築学校へ引っ越すことになった。

記憶の中のトルストイ　絵画・彫刻・建築学校付近は、以前の居住地に比べて格段に洗練され、賑やかな所だった。隣には、ポーランド・カトリック教会があり、向かいの郵便局は建築家の垂涎の的になった近代的な建物だった。詩「幼年時代の女性たち」には、人々の往来する通りを厭きずに眺めていた幼いボリスがいる。

子供時代のことを、きのうのことのように思い出す。
よく、窓から乗り出して見ていたもの、
真昼だというのに、通りは木々の影で、
石切場のように暗かった。

歩道、舗道、アパート
左手には教会、その円屋根に
枝わかれしたポプラの影がおち
塀を曲がり角までずっと隠していた。

新しい住居には広い音楽室もあった。
ある晩、母ロザリアとモスクワ音楽院弦楽科の教授たちによる小さな演奏会がこの音楽室で行われ、トルストイとその家族も聴きに来た。三歳のボリスは早くから寝かされていたが、夜中、目を覚ました。

その夜、私はかつて味わったことのない、甘い、胸をしめつけられるような悲しみで目をさました。悲しさと恐怖で私は叫び、泣き出した。しかし、音楽が私の泣き声をかき消した。私を目覚めさせた三重奏の一つの楽章が終わったとき、ようやく私の声は人の耳に届いた。部屋を二つに仕切った、私のベッドの前のカーテンがひかれた。母が現れ、私の上に身をかがめ、すぐに私の気を静めてくれた。

このあと、ボリスは音楽室に連れて行かれ、客の中にトルストイを見た。

もう一人の人物の姿は、その場に居たほとんどの人々がそうだったと思うが、私の生涯を通して深く心に刻み込まれた。とくに、父がその人を描き、その人を訪れ、尊敬し、その人の精神がわが家に浸透していたからだろう。それは、レフ＝トルストイであった。

（B＝パステルナーク『人々と状況』）

この夜の出来事がその後の連続した意識と記憶の始まりだった、と詩人は記している。ボリスの胸に刻み込まれた記憶の第一頁目にトルストイがいたことは示唆的である。パステルナーク家に浸透していたというトルストイの精神はボリス＝パステルナークを理解するうえで重要な鍵となる。

少年ボリス

一九二一年、ロシア一〇月革命後の混乱のなかで離散するまで、パステルナーク家は絵画・彫刻・建築学校内で暮らした。長女ジョセフィーヌ、次女リディアが生まれ、父親を中心とした家庭は円満であった。領地を経営し、莫大な富を得ていたロシア貴族とは比べるべくもなかったが、レオニードはたゆまず働き、裕福ではないにしても、安定した経済状態が保たれた。ボリスはいつもキャンバスに向かっている父親を見て育った。子供にとっては、良好な家庭環境だったと言えるだろう。

ボリスと同じ子供部屋で過し、共に遊んだ弟アレクサンドルは、幼年時代の兄についてこう言っている。「活発で激しやすく、人なつっこい。私より三歳年上で体格がよく、なにより明るく機知に富んでいた」(『回想』)。恵まれた身体と機知に富んだ明るい精神を父から受け継いだのである。アレクサンドルはまた、ボリスの茶目っ気を窺わせるエピソードを紹介している。

ボリスは当時、家庭教師について『青髭』をフランス語で読んでいた。(略)
夕方近く、家に他の誰もいなかったとき、彼は暗くなりかけた部屋に私を引き入れて、いま「青髭」を呼んだから、やがてやって来るだろうなどと言った。信じずにはいられないほどまことしやかな話しぶりだった。私は心底怖くなった。恐怖は大悪党「青髭」とリアルに結びついて私を圧倒し、私はヒステリーを起こして床に倒れ、わめいた。こんなことになるとは思ってもいなかったらしく、すでにすっかり暗くなった部屋から兄は慌てふためいて出ていった。(『回想』)

いっぽう、まったく別の一面もあった。長編小説『ドクトル・ジバゴ』の主人公ユーリィには、ボリスの性格が投影されている。神秘的なものに惹かれ、夢見がちな感受性の強い少年である。実際、詩人による自伝的エッセイ『人々と状況』によると、子供時代には地獄の存在を固く信じ、迷信深く、自殺の真似事までしでかしたという。これは、ロザリアからの影響であろう。陰と陽が矛盾することなく存在しているところが、パステルナークの性質上の大きな特徴と言える。

オリガ＝フレイデンベルグ　一九〇二年に祖母が亡くなるまで、一家は毎年、故郷のオデッサで夏を過した。伯母アンナ＝フレイデンベルグの家族もペテルブルグからやってきた。フレイデンベルグ家の長女オリガはボリスと同い歳の聡明な少女だった。百合とつる草の生い茂る庭で、多感な少年と少女は自作の悲劇を演じて遊んだ。「言葉では説明できないほど、私たちは互いに理解し合っていた」(パステルナーク／フレイデンベルグ『愛と死の手紙』)とオリガは書いている。二人は早くから惹かれ合っていたが、この恋は実らなかった。しかし、互いによき理解者であり続け、一九一三年からオリガの死ぬ一九五五年までの間、ペテルブルグ(のちにレニングラード、現在はサンクト＝ペテルブルグ）とモスクワを結ぶ夥(おびただ)しい数の手紙がやりとりされたのである。

オリガはのちにレニングラード大学の美学の教授となった。弾圧を受け、学問の自由を脅かされながら信ずる道を歩んだその生涯に、ロシアの真のインテリゲンツィアの典型を見ることができる。

モスクワ第五古典中学校へ　ボリスは五歳から母ロザリアにロシア語の読み書きを習った。ロシアの中・上流家庭の多くがそうであったように、初等教育は家庭教師から受けた。科目はロシア語の他、算数やフランス語、ドイツ語である。一〇歳でモスクワ第五古典中学校へ入学すべく、準備が進められた。勉強は順調に進んでいたが、入学することはできなかった。

「一九〇一年、私はモスクワ第五古典中学校の二年生に編入した」。エッセイ『人々と状況』には短く事実だけが記されているが、一年で入学できなかったのは、ユダヤ人は、一学年のうち三％にとどめる、という規則のせいである。おそらくこれが、ユダヤ人であることをボリス少年が強く意識させられた最初の出来事である。なお、この中学校には後に詩人となるマヤコフスキーが五年生で編入してきて、ボリスの弟アレクサンドルと同窓となった。

音楽家を目指して

スクリャービンとの出会い　一九〇二年にオデッサの祖母が亡くなってから、パステルナーク家はモスクワ郊外のオボレンスコエ村で夏を過すことが多くなった。ここで、ボリスは彼の少年時代と青年時代に絶大な影響を与えた人物、作曲家A＝スクリャービン（一八七二～一九一五）と出会った。スクリャービンは偶然、パステルナーク家が借りた別荘の隣の住人だったのである。

スクリャービンはよく父と一緒に、その地域を貫通するワルシャフスキー街道を散歩した。ときどき私も一緒について行った。

彼は急に走り出し、その勢いでぴょんぴょん跳ねるように、水面を飛ぶ小石のように、駆け続けるのが好きだった。まるで、もう少しで地面から離れ、空中を泳ぐように飛ぶかのようだった。（略）

人生について、芸術について、善と悪について、彼は父と議論し、トルストイを攻撃し、超人と反道徳、ニーチェ主義を説いた。ただ一つのこと、巨匠の本質と課題について二人は一致した。残りのすべてで相容れなかった。

私は一二歳だった。二人の議論の半分は理解できなかった。だが、スクリャービンはそのみずみずしい精神で私を魅了した。彼に夢中だった。彼の意見に盲従し、彼の側に立った。

（B＝パステルナーク『人々と状況』）

スクリャービンは第三交響曲を作曲中だった。彼の音楽もまた、ボリス少年の心を芯から揺り動かした。

ああ、それは何という音楽だったのだろう。

砲撃にさらされている都市のように、交響曲はたえず崩壊し、毀れ、そして、すべてが破片と傷跡から建設され、生まれた。曲は内容に富み、狂気を思わせるほど洗練され、新しかった。

（B＝パステルナーク『人々と状況』）

幼い頃から母にピアノを習い、すでに作曲の真似事をしていたボリスは、スクリャービンとの出会いを契機に音楽にのめり込んでいった。本格的な勉強のために、高名な音楽理論家ユーリィ＝エンゲリに師事することになった。「その秋から六年間、古典中学校在学中ずっと、作曲の基礎理論に没頭した」とエッセイ『人々と状況』に書かれている。

弟アレクサンドルは兄の熱中ぶりについて、こう回想している。

何かを口ずさみ、明らかに指揮をしているとわかった。怒ったような様子で、立ったり座ったりし続け、まるで私が部屋にいないかのようで、一言も喋らなかった。

（『回想』）

第一次ロシア革命

二〇世紀に入ると、ロシアは急激に近代化の波に洗われた。ヨーロッパから資本が流入し、産業が飛躍的に発展し、ブルジョワと労働者の数が急増した。ところが、政治体制は旧態依然とした絶対君主制で、議会もなく、政治的自由も保証されていなかった。すでに立憲君主制をとっていたイギリスや第三次共和政下のフランスに比べると、大きく立ち遅れていたのである。農民も労働者も知識人も不満を募らせていた。

一九〇四年、ロシアは極東の新興国日本と開戦した。日露戦争である。この戦争によって、ロシアは日本の大陸への野望を砕き、国内では、民主化要求運動の矛先をそらそうとしていた。ところが、翌年の五月、難攻不落といわれた旅順港が陥落し、旅順のロシア艦隊は全滅してしまう。帝国政府の権威は失われ、かえって反政府運動が激化するという皮肉な結果になったのである。

翌一九〇五年の一月九日、首都ペテルブルグで僧ガポンに率いられて冬宮に向かう十数万人の非武装のデモ隊に政府軍が発砲し、多数の死者を出した。有名な「血の日曜日事件」である。苛酷な搾取や貧困の改善を直接、皇帝に訴えようとしただけの平和的なデモが流血の惨事になったことは、民衆の怒りに火をつけた。まず、モスクワ、リガなど都市の労働者がストライキに立ち上がり、やがて農村地帯にも暴動が起き、ロシア全土に広がった。第一次ロシア革命である。

学生たちは自治を求めて戦い、大学は労働者や学生の集会場所と化した。レオニード＝パステルナークのモスクワ絵画・彫刻・建築学校も学生の拠点となり鎮圧部隊の攻撃目標となった。

ボリスと革命

ボリスは音楽一辺倒の浮世離れした少年ではなく、当時のロシアの多くの中学生と同じように、社会の動きに鋭敏に反応した。父レオニードは穏健な改革主義者だったが、電気も止まるような混乱状態のなかで家の維持に腐心し、直接の政治行動はとらなかった。二人の息子、とくにボリスはデモや集会に参加したがり、父親と衝突した。一〇月の終わりのある日、ボリスは黙って家を出る。弟アレクサンドルはこう書いている。


彼は長い間、姿をくらませていた。そして私も気が高ぶっていた。妹リディアは高熱でうなされ、母は興奮状態だった。父は窓とドアの間を大股で行ったり来たりしていた。とうとう、父は言った。「ママを頼む、私はボリスを探しに行って来る」

突然、聞き慣れた騒がしい足音が玄関の方からして、控えの間にボリスが現れた。何というひどい格好。帽子はよれよれ、コートはボタンが半分かかっていなかった。布地が三角形に破れてボタンがぶらさがり、ボタンのところでベルトが揺れていた。だが、ボリスの顔は興奮で輝いていた。

（A＝パステルナーク『回想』）

プレスニャ蜂起

一〇月三〇日、皇帝ニコライ二世は事態を収拾しようと、国会の開設、普通選挙の実施、政治言論の自由を約束した「十月宣言」を出した。しかし、人々はもはや皇帝を信用しなかった。実際、八月に日本とポーツマス講和条約を結んだ後、政府は自由になった軍隊をデモや暴動の鎮圧に投入し、革命を力で封じ込める姿勢を顕わにしていったのである。一〇月に組織されたペテルブルグ労働者代表ソヴェト（会議）のメンバーは、一二月に逮捕された。モスクワでは、最後の力をふりしぼるかのように、西部の工業地域プレスニャで労働者と学生が武装蜂起した。

叙事詩『一九〇五年』（一九二六年）には、一四歳の少年ボリスが見た第一次革命が描かれ、最終章「一二月のモスクワ」ではこの「プレスニャ蜂起」が綴られている。

太陽は双眼鏡をのぞき、
大砲の音に
耳をすませている。
このあと
町には
十日間ずっとひとけがない。
警官は姿を消している
雪は踏み跡をつけられず、無垢のまま。
橋のゆがみを直しているのは
バリケードからの照準器。

を投入した。プレスニャのバリケードは撃破され、十日間守られた解放区は消滅した。

政府はモスクワ守備隊が解放軍に共鳴するのを恐れて、ペテルブルグからセメノフスキー鎮圧隊

通りには永遠の死。
後ろには地獄が煙っている。
弾丸の音は聞こえない。
吹雪の舞いだけが
静寂を横切る。

ベルリンへ

ロシア全土を席捲した革命の嵐は一九〇五年末までにほぼ終息したが、混乱状態は続き、絵画・彫刻・建築学校も閉鎖されたままだった。リディアの静養の目的もあって、パステルナーク一家は一九〇六年一月、ベルリンへ出発した。

ボリスは政治に深入りしなかった。ベルリン到着後、近くでピアノを借り、モスクワのエンゲリから通信教育を受ける形で音楽の勉強を再開した。すでにドイツ語が達者で、ベルリン生活を満喫していた様子がエッセイ『人々と状況』に書かれている。

まもなく私はベルリンに慣れ、無数の通りや広々とした公園をあてもなく歩き、ベルリン訛りでドイツ語を話し、汽車の煙とガス灯とビールの泡のまざり合った空気を吸い、ワーグナーを聞いた。

ベルリン滞在は、ボリスにとって実り多かった。音楽の勉強の傍ら、ホフマンを読み、ドイツ語に磨きをかけた。これは、のちに『ファウスト』その他、多くのドイツ文学の翻訳を手がけることになったパステルナークの財産となった。戯曲『どん底』や小説『幼年時代』で世界的な作家となっていたマキシム＝ゴーリキーを近くで見る機会を得たのも、この時である。

ロシア社会の暗部を描いたゴーリキーは反政府の立場をとり、一九〇五年の革命のさなか逮捕され、釈放後、訪米する途中でしばらくベルリンに滞在したのである。レオニードとは改革派の雑誌を通じてすでに面識があったが、この地で親交が深まった。現在、モスクワのゴーリキー記念館には、レオニードによるゴーリキーの肖像画が飾られている。ボリス少年は、著名な作家と父との親しいやりとりを傍らで聞いていた。一〇年後、不思議な縁で結ばれて、手紙をかわすようになるとは夢にも思わずに。

文学の訪れ

一九〇六年の秋に絵画・彫刻・建築学校の再開が決まり、約半年のベルリン滞在を経て、パステルナーク一家は帰国した。

ボリスは中学校に戻り、音楽を続けたが、この頃、彼の生活に別のものが入り込んで来た。文学、ことに詩である。偶然、目にしたロシア詩人アレクサンドル・ブロークの詩行は強烈な印象を与えた。その時のことを、五〇年近く経った「いまでもはっきり覚えている」とパステルナークは回想している。

紙面は何かしら新しいもので充たされていた。印刷された紙の上に存在しているのは、疑いもなくその新しいものであり、誰かしらが、詩を書いたのでもなく、創作したのでもなかった。ページを被っているのは風や水たまり、街灯や星についての詩行ではなく、街灯や水たまりそのものが、風でできたさざ波を己の力で紙面に追い立て、湿った力強い作用の痕跡をそこに残して行ったかのようだった。

（B＝パステルナーク『人々と状況』）

二〇世紀の初頭から一七年くらいまで、ロシアの文化はきわめて洗練され、多方面で花開いた。この時代は「ロシア・ルネッサンス」、あるいは文学の成果だけを取り上げて、「ロシア文学の銀の時代」とも呼ばれる。ボリスが夢中になったブロークは「銀の時代」を代表する象徴主義最大の詩人である。

また同じ頃、父レオニードと親しかったドイツの詩人リルケの詩集を偶然手にし、「はじめて見出したブロークの詩と同じものの力」に圧倒された。感受性の強い思春期に、ロシアとドイツのすぐれた詩に触れたことは、大きな出来事だった。これ以降、ボリスの生活にヨーロッパとロシアの新しい文学に接することが習慣として根づいていった。やがて、それがボリスを導いていくことになるのだが、中学時代、彼の生活の大半を占めていたのは何といっても音楽だった。作曲の勉強は着実な成果を上げ、すでに一九〇六年には二つのプレリュードを書いた。学校内でもボリスが音楽家を目指していることは知れ渡っていて、数学の授業中に作曲の勉強をするのも大目に見られていたほどだった。

誰もがボリス＝パステルナークは音楽家になると思っていたのである。

新しい道を求めて

挫　折

一九〇八年の夏、ボリスの音楽の師エンゲリはウクライナで休暇を過していた。ボリスとの音信が途絶えたことを案じて、両親に次のような手紙を書き送っている。「楽譜を送ると約束していたのに、ボリスは何も送ってきません。卒業に関して、何か問題でもあったのでしょうか」（E＝パステルナーク『ボリス・パステルナーク』）

ボリスはこの年の六月、卒業試験の全科目で金メダルを獲り、モスクワ大学法学科入学を許可された。学業に関しては順調に進んでいた。しかし、音楽で行き詰まり、エンゲリとの連絡を断ったのである。

誰も私の秘密の不幸について知らなかった。言ったとしても、誰も信じはしなかっただろう。作曲の勉強は順調だったが、テクニックの面でどうしようもなくなっていた。ようやっとピアノを弾き、読譜さえままならず、たどたどしいといってよかった。妥協を知らない新しい曲想とそれを妨げるテクニックとの隔りは、喜びの源泉となるはずの自然の賜物を、絶え間ない苦しみの種に変えた。結局、私はそれに耐えられなかったのだ。

エッセイ『人々と状況』にはこう説明され、さらにもう一つの理由として、絶対音感の欠如が挙げられている。つまり、テクニック不足と絶対音感の欠如の二つが、ボリスに音楽を断念させたというわけだが、これは少しおかしい。まず、テクニックについてだが、作曲家がヴィルトオーゾである必要はない。しかも、パステルナークの記述には誇張がある。二度目の妻ジナイーダは、夫が素晴しい弾き手であったと証言している。天才ピアニスト、H＝ネイガウスの元妻で、みずからもピアニストのジナイーダが、水準以下の弾き手を「素晴しい」と言うはずがない。第二の理由の絶対音感にいたっては、パステルナーク自身が、作曲家にとって不可欠な条件ではなかったと認めているくらいである。

それでは何故、という問いに浮かび上がるのは母ロザリアの存在である。ボリスが自分の音楽とその挫折を語るとき母親の名を決して持ち出さないのは奇妙だ。絶対音感を備え、十一歳で完璧なまでのテクニックを身につけた音楽の精のような母と己を引き比べたとき、青年は天を恨み、言い知れぬ敗北感を味わったのではないだろうか。音楽に愛された母と愛されぬ自分。不毛の恋を断ち切るように、音楽をあきらめたのである。

それでも、パステルナークは一生、音楽を愛し続けた。彼の周りには、いつも音楽家がいた。ネイガウス、M＝ユージナ、S＝リヒテル。いずれも、高名なピアニストである。そして、音楽に関する唯一のエッセイの題名は『ショパン』。ピアノ曲以外ほとんど作らず、「ピアノの詩人」と呼ばれるショパンである。ピアノ、ピアノ、ピアノ。幼い頃から死ぬまで、パステルナークの胸に鳴り響いていたのはスクリャービンの交響曲ではなく、ロザリアの弾くピアノだったのではあるまいか。

挫折の傷跡

音楽の断念は、ボリスの心に深い爪跡を残した。音楽家がよく集まった自宅のサロンにふっつり姿を見せなくなり、かわりに、「セルダルダ」という意味不明の名の芸術サークルに出入りするようになった。詩作の真似事をしたり、酒を飲んだりしながら、時間をつぶした。モスクワ大学入学の翌年、一九〇九年に法学科から歴史哲学科に移ったが、ろくに勉強もしなかった。屈折した内面世界は外貌にも現れたようである。ボリスの印象を友人のK＝ロクスはこう語っている。

より強く注意を惹かれたのは、言い尽くされず、内部で何かに切断された天才的な資質の背後に隠された絶望のようなものだった。それは、自分自身に対する恐れ、自らの使命に対する不信のように思えた。
（E＝パステルナーク『ボリス・パステルナーク』）

生活は荒れ、奇行が繰り返された。わずかしか食べず、足の踏み場もないほど部屋を散らかし、散らかしたまま出て行って何日も戻らないという有様だった。両親との間は険悪になった。父レオニードの日記には、「ボリスと口論になる」という記述が一九〇九年以降よく見られ、のちのボリス＝パステルナークからは想像もできないほど荒れ狂う姿がある。

ボリスと口論になる。「霊感に導かれてきたあなたがたとは違う！　これがお互いの侮辱の源なんだ」とボリスが叫んだ。

天才詩人と称賛されるパステルナークにも、これほどみじめな心境の日々があったのである。一九一一年六月、レオニードは父親としての悲痛な心境を吐露している。

朝、大騒動があり、ボリスが怒鳴る。自分を主張したいのだ。これ以上、一緒に暮らすのは不可能だ。だが、別れて暮らすのは不幸だ。
（E＝パステルナーク『ボリス・パステルナーク』）

この年、一九一一年の終わり頃から、ようやく、音楽に代わるものとして哲学に活路を見出し、二年間のすさんだ生活は次第に落ち着いていった。

マールブルグ

マールブルグはドイツ中部、フランクフルトの北約八〇キロに位置する森に囲まれた大学町である。この町の中心マールブルグ大学は、高名な哲学者ヘルムート＝コーエン率いる新カント派の拠点であった。文芸サークル「セルダルダ」をたまたま訪れた象徴主義の大詩人A＝ベールイから新カント派について聞かされたボリスは強く心惹かれた。コーエン教授は一八四二年生まれ。一九一二年当時、六九歳で退官が迫っていて、留学は焦眉の問題だった。一九一二年四月、ボリスはマールブルグに向けて、モスクワを発った。

マールブルグの町と大学生活は、敗北に疲れた青年の心を癒し、新鮮な喜びをもたらした。両親への手紙である。

ここがただの町だとしたらどうでしょう。でもこれは、いわば中世のおとぎ噺(ばなし)の町なのです。ここにいるのは教授たちだけだとしましょう。でも本当は、時折、講義の最中に、嵐でゴシック様式の窓が開き、何万という庭園の緊張した空気が暗くなった教室を満たすのです、高みからじっと見おろしているのは永遠に強大な非難の霊です。ここにいるのは教授たちだけだとしましょう。でも本当は、神もまたここにいるのです。

ボリスは熱心に哲学に取り組み、セミナーでの報告も依頼された。コーエン教授からは学位の取得を勧められたが、これはユダヤ人に閉鎖的だったドイツの学問社会においては異例なことである。「哲学で抜きん出ることを夢みた」という友人への一文から推察すると、見失った将来の展望を、マールブルグで見出したのだろう。ところが、意外な展開が待ち受けていたのである。

失　恋

マールブルグで学んで約二ケ月後の六月下旬、イーダ＝ヴィソツカヤが妹と一緒にやって来た。イーダはボリスが中学時代に勉強を見てやっていた美しい少女だった。その後、イギリスに留学し、夏休みを利用して両親の滞在するベルリンに向かう途中、立ち寄ったのである。すでに十四歳の頃から、少年は少女に思いを寄せていた。三日間の滞在ののち、姉妹がベルリンに発とうという朝、ボリスは思いを打ち明け、ぼくの運命に決着をつけてくれと、迫った。運命は決した。拒絶されたのである。エッセイ『安全通行証』にはこの時の様子が克明に描かれている。また、詩「マールブルグ」（一九一六年）は、まさにこの求愛と拒絶で始まっている。

ぼくは震えていた。燃え上がって、やがて消えていった。
おののいていた。たったいま、求愛したのだ、だが遅かった。ぼくは怖じ気づき、拒絶された。
何と可哀そうな彼女の涙。聖者よりもおめでたいこのぼく。

このあと、姉妹のあとを追って駅まで行き、乗車券も持たぬまま、二人の乗ったベルリン行きの列車に飛び乗ってしまう。夕方に到着したベルリン駅で姉妹と別れたが、マールブルグに戻る列車は翌朝までなく、コートすら着ていないロシアの青年はあちこちのホテルで断わられた末、ようやく前払い制の木賃宿を見つけ、小さな机につっぷして泣きながら夜を明かした。

哲学の放棄

イーダとの失恋は、パステルナークの心境に著しい変化をもたらした。翌日帰り着いたマールブルグは以前の輝きを失い、みすぼらしく、黒ずんでいた。下宿のバルコニーから暮れゆく町を眺めながら、ボリスはつぶやいた。「終わりだ、終わりだ。哲学にどのような思想があろうとも、哲学は終わりだ」(E＝パステルナーク『ボリス・パステルナーク』)

何故、これほど急激に哲学への熱が冷めてしまったのか。音楽を失ったボリスは、たんに将来の展望を哲学に託したのではなく、天職となるもの、つまり、自分の力を捧げ、また自分を励まし導いてくれるものとして哲学を選ぼうとしていた。ところが、失恋という精神の危機に際して、哲学はおそらく、何の力にも慰めにもならなかった。哲学にかける情熱が本物であれば、悲しみのときにはそこに隠れ、癒され、乗り越えることができるのではないか。真に求めていたのは哲学ではなかったことを、このときボリスは思い知ったのであろう。

これは、内的な体験であった。別の方面で、哲学に失望する出来事が起こった。ボリスに学位取得を勧めていたコーエン教授が、さらにドイツへの帰化を進言したのである。これについて、激しい憤りの手紙を友人に送っている。「ここに来るまで夢にも思わなかったコーエン教授の提案は、想像もできないやり方でぼくを侮辱し、怒らせました」

つまり、ドイツ・アカデミズムの中で認められるにはロシア国籍のユダヤ人では駄目だというのである。人間の根本問題を高度な思弁によって解決しようとする哲学。自由で尊厳に溢れたあるべき人間の姿を追い求める哲学。その哲学に携わる人々が、つまらない人種的偏見一つ克服できないでいる。そんな人々が最高峰に位置する哲学そのものに興味を失ったのである。若さゆえのあまりに短絡的な思考かもしれない。しかし、高邁な思想を論ずる人の偏狭な心にボリスは我慢できなかったのである。

講義に出席するのをやめ、一ケ月間をほとんど無為に過したのち、イタリアを回って八月に帰国した。この頃、失恋のさなかに啓示のようにボリスを訪れたものが、次第にはっきりとその形を現してきた。詩を書くことである。夜となく昼となく、夢中になって詩を書いた。

処女詩集

一九一三年、パステルナークはモスクワ大学を卒業した。中背だが、がっしりした体躯。鳶色の髪。長い顔に厚い唇。はすにあがった大きな瞳は生気に溢れていた。決して美男子ではなかったが、人の心を把えずにはいない不思議な魅力があった。

哲学での挫折は音楽のときほど心の痛手にはならなかった。詩を創ることは心の底からの要求であり、震えるほどの満足と興奮を与えてくれることに、ボリスは気付いていた。しかし、ロシアでもっとも権威のある大学を卒業した二三歳の健康な青年に行き場がなく、家庭教師でわずかな収入を得ている現実は辛いものだったに違いない。「ぼくには立派な父親がいます。そして多分、同じように立派な母親も。そしてぼくは意気消沈しているというわけです」という手紙からは、両親の存在が大きなストレスとなっていたのが窺える。

パステルナーク家では、長男の将来を巡って幾度も話し合いがもたれた。当のボリスは家に居たたまれず、一日の大半を戸外で過した。モスクワにはいくつもの大きな公園がある。木々がうっそうと生い茂った公園の中をほっつき歩き、一九世紀ロシアの詩人チュッチェフを読み、詩作にふけった。

この一九一三年、以前から出入りしていた芸術グループ「セルダルダ」のなかから印象主義の画家アニーシモフが主宰する出版グループ「リリカ」が生まれ、パステルナークは詩人S＝ボブロフらとこれに参加し、詩集『雲の中の双生児』を出版した。これがパステルナークの処女詩集であるが、アマチュア出版のようなもので、出版部数は二百部。その内容も、パステルナークに詩人として名を成さしめるものではなかった。

未来主義詩人パステルナーク　一九一三年秋、ボリスはついに両親の家を出て、安アパートで一人暮らしを始める。モダニズムの詩人らしく、生活はいよいよ無軌道になり、一九一四年一月には決闘騒ぎを引き起こしながら出版グループ「リリカ」を離れ、未来主義の文学グループ「遠心分離機」を旗上げした。ボブロフをリーダーとし、他に詩人N＝アセーエフらがいた。

「遠心分離機」は革命前に生まれた最後のロシア未来主義グループであった。ここで、未来主義について簡単に述べておこう。ロシア・ルネッサンスの最初の輝きの時代を作り上げた象徴主義が一九一〇年代に入って急速に衰えていくなかで、嵐の勢いで現れたのがロシア未来主義である。その誕生については諸説あるが、イギリスの文学研究者マルコフは一九一〇年一〇月、モスクワで出された文集『裁判官の飼育場』にロシア未来主義の始まりを見ている。ここには、未来主義最大の詩人V＝フレーブニコフが参加していた。翌年、のちにソヴェトの国民的な詩人となったB＝マヤコフスキーやA＝クルチョーヌイフらを加えてグループ「ギレア」が結成された。詩人たちは前衛画家M＝ラリオーノフ、V＝タトリン、K＝マレーヴィチらと手を結んで芸術運動を展開した。首都ペテルブルグではI＝セヴェリャーニンが「自我未来主義」を結成した。その後さまざまな未来主義グループが生まれ、互いに反目し、攻撃し合い、人目をひく騒動を引き起こしながら、ロシア文壇の中心的な存在になっていった。

未来主義の本質は若さとすさまじい破壊のエネルギーである。彼らは、伝統と訣別し、既成の形式を否定し、まったく新しい形式を追求し、新造語や超意味言語を使って大胆な詩的実験を行った。

またその詩の朗読会では奇抜な衣裳を身にまとい、聴衆を挑発した。

パステルナークの気質も詩風も独自で、未来主義と違う点はよく指摘されるし、エッセイ『安全通行証』や『人々と状況』には、異和感を抱いていたと回想されている。しかし、当時のボリスの心境を考えると、未来主義ほど合うものはないと思われる。挫折を重ね、手ひどい失恋を経験し、大学卒業後も定職がなく、詩人としての展望も開けていなかった。若く、健康で力に溢れ、情熱のはけ口を求めていたパステルナークが未来主義に惹かれたのは、自然な成り行きであった。

マヤコフスキー

「遠心分離機」時代のパステルナークにとって最大の出来事は、マヤコフスキーとの出会いである。マヤコフスキーは一八九三年にグルジアの地方官吏の家に生まれた。十二歳のとき父親を失い、家族でモスクワに出てきた。パステルナークと同じ第五古典中学に編入し、弟と同じクラスになったことはすでに述べた通りである。厳しい家庭環境は早熟だった少年の社会意識をさらに発達させ、彼は社会民主党に入党して政治にのめり込んでいく。しかし、一九〇九年、逮捕され、釈放された後、党を離れた。パステルナークとの因縁は古典中学にとどまらない。政治から離れて、彼は画家を志し、ボリスの父レオニードが奉職していた絵画・彫刻・建築学校に入学したのである。だが保守的な傾向が強くなっていた学校に不満を持ち、絵画の勉強にももう一つ熱が入らなかった。政治でも画業でも挫折した青年は、全身全霊をあげて打ち込める何かを探して詩に辿りついたのである。

パステルナークとマヤコフスキー。生まれも育ち方も違う二人だが、不思議に似通っている。挫折を重ね、恋の悩みを抱え、何より純粋な心と妥協を許さぬ激しさで己を賭すに足るものを求め続けていたのである。二人は当初、同じ未来主義ながら敵対するグループにいた。しかし、グループ同士の対決の場で、パステルナークとマヤコフスキーはたちまち惹かれ合い、意気投合する。一九一四年五月のことである。同席した「遠心分離機」のボブロフは回想している。

ボリスの顔には疲労と不安が現れていた。いっぽう、マヤコフスキーの顔は次第にやわらいでいき、ついにはすっかり険しさが消えた。彼は頬杖をついて、注意深く熱心にボリスの話を聞き始めた。それからはもう、雑誌をめぐる我々の罵り合いには加わらず、二人は互いについて話し出した。

翌日も二人は偶然、通りで出会い、マヤコフスキーは出版直後の自作の悲劇『ウラジーミル・マヤコフスキー』をパステルナークに読んで聞かせた。前日、マヤコフスキーの人物に魅せられたボリスは、今度は彼の詩に圧倒された。三歳年下の未来主義詩人に比べ、自分には才能がないと悟ったが、幾度も道を変えてきて今さら転身できなかった、とはあまりに謙虚なパステルナークの弁である（『安全通行証』）。真実は二つの才能が出会い、たちどころに相手の力を見抜いたということだろう。一〇月革命以降、立場の違いは明らかになっていったが、マヤコフスキーが自殺する一九三

○年まで、二人の友情は続いた。

第一次世界大戦

マヤコフスキーを通じて、パステルナークは未来主義に深く関わっていった。フレーブニコフやマヤコフスキーら詩人の溜まり場となっていたトルベスキー通りのシニャコーヴァ三姉妹のアパートにも出入りするようになった。もうもうたる煙草の煙のなか、酒を飲み、詩を朗読し、トランプに興じて朝を迎えた。「魔窟」と呼ばれたこの溜まり場を父レオニードは忌み嫌ったが、アカデミー会員の芸術家の端正な暮らしに圧迫されていたボリスには居心地が良かったのである。

パステルナークの詩に手を入れて、雑誌「新世界」誌に掲載してくれたゴーリキーに、いかにも未来主義詩人らしく、無礼千万な抗議の手紙を書いたのは一九一五年のことである。しかし、周囲にけしかけられたこの無頼の行為でいちばん傷ついたのは、当のボリスであった。本来なら感謝の手紙を書くべきだったという忸怩(じくじ)たる思いに長く苦しんだ。慚愧(ざんき)の念を告白した手紙をゴーリキーに送ったのは、二年も後のことである。

パステルナークが未来主義詩人として派手に活動していた一九一四年の六月、バルカン半島で大事件が起きた。オーストリア帝国の皇太子がセルビア人に撃たれたのである。この事件をきっかけに、ドイツ、オーストリア帝国と全ヨーロッパ、ひいてはアメリカ合衆国、日本までも巻き込んだ大戦争が勃発した。第一次世界大戦である。七月、ロシアもドイツと交戦状態に入った。多くの若者が召集され、未来主義詩人たちも軍務についた。パステルナークはきわめて健康だったが、十三歳の時の落馬による骨折で片足が僅かに短かったのが幸いして、兵役を免かれた。

ウラルへ

第一次大戦の戦況は当初、ドイツ＝オーストリアが圧倒的に有利で、イギリス、フランス、ロシア等の連合軍は苦戦を強いられた。ロシア国内では反ドイツ感情が高まった。ボリスが一時期、住み込みの家庭教師をしていたドイツ人家庭フィリップ家も焼き打ちに合う。このような状況の中、戦争の長期化に伴う徴兵を避けるため、知人を頼ってロシアの北東部ウラル地方の都市ペルミに旅立った。

個人的な友情から「遠心分離機」に留まってはいたものの、ゴーリキーへの手紙事件以来、未来主義詩人としての自分に対する異和感はふくらんでいった。仲間達とモスクワから遠く離れた地で青年の迷いは深まり、楽譜を送ってもらってピアノの練習の再開までした。一九一六年四月、文集「遠心分離機」第二号が発行され、ウラルにも送られて来たが、「自分の詩も含め、気に入ったのはフレーブニコフの詩だけです」と素っ気ない手紙をボブロフに送っただけであった。ボリスは寄食先のユダヤ人工場主ズバルスキーの仕事を助け、ウラルを流れるカマ川を汽船で移動して近くの炭鉱を訪れるなどして時を送った。仕事の合間には乗馬、冬にはスキーを楽しんだ。

詩から離れたように見えるこの時期に、パステルナークは独自の詩風へと脱皮するエネルギーを貯えていたようである。この年の後半から意欲的に書き始め、第二詩集『障壁を越えて』をまとめ上げた。この詩集にはウラルを題材とした詩が多く収められている。詩「汽船で」は、夜明けのカマ川を航行する汽船の姿が、パステルナークが目指した「マヤコフスキーとは違う」、「非ロマンチックな形式」（『安全通行証』）で描かれている。

夜明け前の冷え込み。顎ががちがちと鳴った。
木の葉の囁きはうわ言のようだった。
鴨の羽毛よりもさらに青く、
カマ川の向こうに夜明けは輝いた。

ビュッフェのコックは皿をがちゃがちゃ鳴らした。
ソース瓶を数えながら、ボーイはあくびしていた。
燭台の灯さながら、川面では
蛍がさかんに動いていた。

一九一七年も、引き続きウラルに滞在していた詩人に、三月、驚くべき知らせがもたらされた。二月革命が勃発したのである。当時の滞在先、ウラルのチーヒェ・ゴールィから馬橇と列車を乗り継いで、急ぎモスクワに戻った。

II 『わが妹人生』

革命と詩人

二月革命

第一次大戦直後にロシアを包んだ愛国精神の高揚は、相次ぐ敗戦でたちまちしぼんでしまった。満足な補給も受けられない前線の兵士のあいだには厭戦気分が広がり、国内は燃料と食糧の不足にみまわれて民衆の不満が募った。とくに都市の状況が悪く、なかでも軍隊の集結地として多くの兵士と労働者のいた首都ペテルブルグの生活危機は深刻であった。

一九一七年二月二三日の国際婦人デーにペテルブルグの婦人労働者は「パンをよこせ」というスローガンを掲げてデモを始めた。これに男子労働者が呼応し、さらに鎮圧に出た兵士も呑み込まれた。労働者のストライキは広がり、部隊は次々に反乱を起こした。労働者と兵士は代議員を選出して労兵ソヴェト（議会）が成立し、首都の実権を掌握した。二月革命である。

ブルジョワ勢力は事態の急転に狼狽した。停会中だった国会の議長ロジャンコは、最早、ニコライ二世の退位以外に事態を収拾する道はないと考え、軍部も同じ意見だった。三月二日、ニコライ二世は退位の署名をし、後継に推されたミハイル大公が即位を断わったため、三〇〇年続いたロシアのロマノフ王朝はここに幕を閉じた。続いて、ブルジョワ勢力が中心となって臨時革命政府が作られることになった。

こうして、一応、ブルジョワ勢力が権力を握った。労兵ソヴェトが政権に加わらなかったため、政府は軍隊を掌握しきれず、ロシアはきわめて不安定な状態であった。しかし、同時にようやく帝政から解放された喜びと興奮に包まれていた。連日のように戸外で集会が開かれ、ロシアの行く末を巡って議論が戦わされた。ウラルから帰ったパステルナークは熱気に溢れたモスクワの様子を次のように書いている。

大衆のなかから人々が出て、心を開き、もっとも重要なことについて、つまり、いかにそして何のために生きるのか、どうやって唯一考えられる、価値ある存在になるかについて話し合っていた。

彼らの精神の高揚がすべてのものに伝染して、人間と自然の境界がとり払われた。二つの革命のあいだにはさまれた一九一七年のあの特別な夏、人々と一緒になって、舗道が、木々が、星たちが集会を開き、熱弁をふるっているようだった。

（「『わが妹人生』についての覚え書」）

すでに述べたように、一九一六年の後半から、パステルナークは未来主義の影響から徐々に脱し、創作意欲が高まっていた。ロシア全体を被った昂揚した気分は詩人の意欲をさらにかきたてた。そして、もう一つ重大な出来事があって、無名の詩人をロシア・ソヴェトのもっとも才能ある詩人の地位にまで一気に引き上げた第三詩集『わが妹人生』は創られたのである。もう一つの出来事、それは恋であった。

エレーナとの再会　「『わが妹人生』についての覚え書」には、一九一七年夏の「物語のような雰囲気を、当時、個人的な動機から書かれた抒情詩集『わが妹人生』のなかで伝えたかったのだ」とも書かれている。

個人的な動機とは何か。創作から四〇年余りを経た一九五九年、詩人は女流彫刻家Z＝マースレンニコワに次のように語った。

第二詩集『障壁を越えて』を書き終えたとき、愛する女性がそれをほしいと言いました。できない、と思った。ぼくは当時、キュビズムにかぶれていたけれど、彼女は新鮮で何ものにも毒されていなかったから。それで、別の詩集を書き始めました。こうして『わが妹人生』が生まれたのです。

（『ボリス・パステルナークの肖像画』）

ボリスが愛した女性はエレーナ＝ヴィノグラード。二人は一九一三年、人を介して知り合い、詩人はすぐに好意を抱いたが、少女は翌一四年に著名な哲学者L＝シェストフの息子で海軍将校のリストナートと婚約する。ところが、第一次大戦中の一九一六年、リストナートは戦死してしまい、同じ年の秋、ウラルから一時モスクワに戻ったパステルナークの心に火がついたのである。頻繁に会うようになるのは、二月革命の報で完全にモスクワに戻ってからであるから、一見、社会の動きとは無関係に見えるこの恋の背景には、始めから戦争と革命が存在していたことになる。

エレーナの正確な年齢はわからないが、専門学校に通っていたことから推察すると二十歳くらいであろうか。パステルナークはすでに二十七歳である。相変らず無名で、翻訳などから収入を得ていた。

愛の高まりと終わり

ボリスもエレーナも自然を愛し、二人は一日中、戸外で過した。昼間、一緒に歩き回った後、エレーナは夜の冷気に備えて厚着するため夕方いったん帰宅し、再び出掛けたというから恐れ入る。青年は恋人の家の前で待ちながら、門番に自作の詩を読んで聞かせ、出て来たエレーナに、彼にはぼくの詩がちっともわからないとこぼした。

公園を散策し、広場を歩き、通りを横切った。目の前で、日常のなかから歴史が作られていくのに詩人は驚嘆した。人々と自然が混ざりあって大きく動いていく時代のうねりの只中にいたのだった。

ボリスとエレーナは愛し合っていた。だが、きわめて現実的な問題が立ちはだかった。エレーナの母親が無名の詩人との仲を嫌ったのである。恋が燃え上がった夏が去り、九月、絶望したエレーナは恋人にこう書き送った。

私の態度が不当だというのは、その通りです。あなたの痛みより、私の痛みのほうが大きいように思えるのも誤りなのでしょう。でも、無理もないと思います。あなたは私より、計り知れないほど大きいのですから。あなたが苦しむときは自然も一緒に苦しみ、見捨てません。生命も思考も、神も一緒です。でも、私には生命も自然もいま、存在しないのです。どこか遠くで、死んだように押し黙っています。

パステルナークは、エレーナの母親に働きかけたり、エレーナ自身を説得しようとした。だが、その甲斐なく、翌一九一八年、エレーナは、モスクワの北に位置する地方都市ヤロスラーブリの工場主と結婚した。皮肉なことに、その後、富裕な工場主は内戦のなかで零落し、無名の詩人は、革命と苦しい恋の所産である詩集『わが妹人生』によって世に出ることになった。

恋人が去って八年後の一九二六年、女流詩人ツヴェターエワへの手紙のなかに、『わが妹人生』とエレーナとの狂おしい恋についての文章がある。「『わが妹人生』はある女性に捧げられました。

悪魔（デーモン）の思い出に
1
〈鳥たちの歌うときではないのか〉
2～9
〈草原の書〉
Ⅰ 第一の章
10～16
Ⅱ 恋人のための気晴らし
17～28
Ⅲ 彼女への手紙のなかの歌
29～31
Ⅳ ロマノフカ
32～34
Ⅴ 魂を引き離す試み
35～38
Ⅵ 帰還
39～40
Ⅶ エレーナに
41～44
Ⅷ あとがき
45～49
Ⅸ 終わり 50

不健康な、不眠の、とてつもない愛となって、現実の力が彼女に向かっていったのです。彼女は別の男のもとに去っていきました」

詩の物語

詩集の構成とレールモントフ　詩集『わが妹人生』はたんなる詩の寄せ集めではない。明らかに意図的に構成された、いわば詩による恋の物語である。図のように五〇篇から成り、九篇までの導入部分と一〇篇以降五〇篇までの部分に大きく分かれている。はじめの九篇のうち、巻頭の詩「悪魔（デーモン）の思い出に」だけがプロローグとして独立し、それに続く残りの八つの詩は「鳥たちの歌うときではないのか」という章題のもとにまとめられている。残り四一篇は「草原の書」と名付けられ、それぞれ章題をつけられた八つの章とプロローグとしての最後の一篇から成っている。詩集には「レールモントフに捧げる」という献辞がついている。

レールモントフ（1814—41）

一九五八年、この意味をたずねたアメリカの翻訳家Y＝M＝ケイデンは、詩人から次のような手紙を受け取った。

プーシキンが客観的で正確であり、また、もっとも広汎な普遍化を許すのにたいして、レールモントフの創造は、彼の個性と情熱に貫かれています。だから、レールモントフのほうがより限定的なのです。プーシキンは真に写実的で、創造原理の道案内の役割を果たしています。レールモントフは、といえば、まさに個性の具現なのです。（略）私は、レールモントフを偲んで『わが妹人生』を捧げたのではなく、私たちのなかにいまなお生きている詩人に、今日までロシアの文学に大きな影響を及ぼした詩人の魂に捧げたのです。

一八三七年、プーシキンの死について政府を激しく非難する詩を書いて一躍有名になり、長詩『悪魔（デーモン）』や小説『現代の英雄』などで不動の評価を得ながら、二十七歳の若さで決闘に倒れた情熱の詩人レールモントフ。「とてつもない愛」を体験し、それを失ったパステルナークはレールモントフの暗い情熱と死に強く惹かれたのだろう。レールモントフの享年は二十七歳。紆余曲折の末、独自の詩の道を捜し当てたパステルナークもまた、二十七歳であった。

「悪魔の思い出に」

詩集の内容について見ていこう。冒頭の九篇は互いに関連しあい、そのあとの詩とも深く関わっているが、詩集全体の物語の流れとは別のところに位置している。第一番目の詩「悪魔（デーモン）の思い出に」は、レールモントフの代表作、長詩『悪魔（デーモン）』を念頭においている。堕天使の悪魔（デーモン）はグルジアの美しい公女タマーラに恋をする。同時にその恋によって善心に返り、みずからも救われたいと願う。タマーラのもとに通いつめ、熱心に求愛し、ついにその心を得て接吻するが、悪魔（デーモン）の接吻には毒があり、愛する女はたちまち苦しみ出し、死んでしまう。タマーラの魂は天使が運び去り、悪魔（デーモン）は救われぬまま取り残される。これが、レールモントフの『悪魔（デーモン）』であり、グルジア伝説をもとにして作られている。

パステルナークの「悪魔（デーモン）の思い出に」は次のように始まる。

夜ごと氷の青さのなか
タマーラのもとからやって来て
両の翼でしるした、

どこで呟くべきか、どこで悪夢を終えるべきかを。

「タマーラのもとから」と「両の翼」からわかるように、主人公を訪れたのは悪魔(デーモン)であり、彼が創作に関わってきたというのだから、悪魔にはレールモントフその人の姿もだぶっている。そして、常に不毛だったレールモントフの恋と悪魔(デーモン)の悲劇的な愛から、詩集『わが妹人生』が失われた恋の物語であることが連想されるのである。

しかし、パステルナークの詩に登場した悪魔は、この詩の終わりにこう誓う。

いとしい人よ、眠るがいい、
雪崩(なだれ)となって、ぼくは戻る。

孤独のうちに残されて天を恨む虚無的なレールモントフの悪魔とは違う。「眠るがいい」と介入を断念しながら、自然現象に姿を変えても戻るというこの句は新しい愛の宣言とも言える。失われた恋と燃え続ける愛、これが詩集の主題の一つである。

「それまでは冬だった」 詩集を形作る物語は「草原の書」から始められる。「第一の章」のはじめに位置する詩「それまでは冬だった」には、「それまで」が何までなのか示されていない。だが、全体から、恋が始まるまでは冬であったと読み取れ、次の詩「迷信を信じて」では、恋人が初めて詩集に登場し、それは春のことだったと明かされる。

ぼくは再びここに住みついた
　迷信を信じて。
壁紙は、樫のような茶色
　それから、扉の歌声。

ぼくは掛け金から手を離さなかった。
　きみはするりと逃れようとした。
前髪がきみのふわりとした前髪に触れた。
　唇は、スミレに。

かわいい人、いくつもの出来事が過ぎ、
　今また、きみの服がさらさらと音をたてる。
マツユキ草が四月に
　こんにちは、というように。

ロシアの春は遅い。雪がとけ、凍てついた地面がゆるみ、奇跡のように花が咲き出す四月、主人公の恋も始まったのである。

象徴か写実か

「パステルナークの詩は象徴的ではなく、例えば、『公園』といった場合、モスクワの某公園と名を挙げることができ、詩人は確実にそこに出かけている」、と述べているのはロシアの文芸学者Y＝ロトマンである。

草原の書の二番目の詩「迷信を信じて」の中で主人公が「再び住みついた」という茶色い壁紙の部屋についても同じことがいえる。詩人の息子のE＝パステルナークやイギリスの研究者バーンズは、この部屋はボリスが一九一三年に住んでいたレビャージ小路のアパートの一室であると断定している。「ぼくは再びここに住みついた／迷信を信じて」という詩句の背景には、創作意欲が高揚した一三年にあやかりたい心情があったという。茶色い壁紙の粗末な部屋が今もあるかどうか不明であるが、レビャージ小路は、モスクワのロシア国立図書館近くに昔のままの名前で存在している。

このように、パステルナークの詩はなるほど象徴ではないのだが、それでは写実的なのかというと、それも違う。実体はあるが具体的ではない。例えば、詩集の女主人公は全篇にわたって存在しているのに、顔つきも身体の特徴もはっきりしない。詩「迷信を信じて」では、前髪や唇について語られていても、その髪の色も唇の形も不明である。具体的なことを明かさないまま、彼女について、こう歌っている。

きみが清純な少女ではなかったと思うのは罪だ。
　椅子を持ってはいってきて、
棚から取り出すように、ぼくの人生を取り出して
　埃を吹き払ったのだから。

忠実すぎる写実は想像を拒絶する。読者はただ情報を得るだけである。いっぽう、象徴的なだけの描写では、実体が感じられず、作者の精神世界に閉じ込められてしまう。パステルナークは、詳細にわたる写実をさけることで読者の想像力を解放し、「椅子を持ってはいってきて」「埃を吹き払う」のような簡潔で日常的な表現を用いて女主人公の存在を強く感じさせることに成功した。こうして、写実でも象徴でもない詩的世界のなかで、恋人のイメージが鮮やかに立ち現れるのである。

恋の高まり　「草原の書」のなかの詩もすべてが恋の経過に沿って並べられているわけではなく、複雑に前後したり、一見、恋愛のテーマとは無関係にみえる詩が挿入されている。しかし、恋の道すじは明らかである。春の訪れとともに始まった恋は夏に向けて高まっていき、はじめ、主人公の脇を「するりと逃れようとした恋人」が、次の章「恋人のための気晴らし」の二番

目にある詩「櫂を休めて」では一緒にボートに乗っている。

ボートは眠たげな胸のなかで揺れている。
柳は低く垂れ下り、接吻する、鎖骨に、
肘に、櫂座に、だが、待てよ
これは誰にでも起こることではないのか。

歌のなかで、誰もが楽しんでいるではないか。
これはつまり、ライラックの灰、
露のなかできらめくカミツレの華麗さではないか。
唇と唇を星と交換することではないか。

古今東西、恋人たちは水辺に集まる。ロシアでも、ボート遊びはもっともポピュラーな夏の楽しみの一つで、詩や物語によく現れる。「誰にでも起こることではないのか／歌のなかで、誰もが楽しんでいるではないか」と主人公は客観的にこの恋を見ている。同時に、誰にでも訪れる恋に浸っている。

同じ章の最後から二番目の詩「ぼくらの嵐」で、恋は頂点に達する。

信じてくれたの、それなら、すぐに
顔を近づけてほしい、
きみの聖なる夏の光のなかで
ぼくはその顔に火を吹き起こそう。

きみに言わずにはおれない、
きみはジャスミンの雪に唇を隠していると、
その雪をぼくの唇に感じるのだ、
眠りのなかで、雪はぼくの唇の上でとけているのだと。

初々しい官能を感じさせる、恋の喜びを歌い上げた詩である。
しかし、この詩の欄外には次のような註が記されて、恋の絶頂期に物語から恋人が退場することが、読者にあらかじめ知らされるのである。「これらの楽しみは、彼女が自分の役目を代理人に託して去っていったとき中止された」。欄外の註は詩集全体に三つあり、これが最初の註である。さて、「代理人」とは何のことだろうか。一見、意味不明であるが、続く詩「代理の女性」を読むとわかる。つまり、「代理人」とは写真のなかの恋人であり、恋人は写真を残して主人公のもとから去っていったのである。そして、次の章の章題は「彼女への手紙のなかの歌」となっている。

カムイシン線

恋人がどこへ去ったのかは、欄外の第二の註によって明らかにされる。この註は「草原の書」の第三章「彼女への手紙のなかの歌」の最後の詩「ラスパート」につけられている。「この夏、人々はそこへ向けて、パヴレツ駅から発っていった」

ロシアの主要な駅には目的地の名前がつけられている。キエフ方面に向かう列車が出発する駅はキエフ駅、白ロシア方面に向かう列車が出発する駅は白ロシア駅という具合である。パヴレツ駅は南ロシアのパヴレツ・トゥーラ方面への列車の発着駅であり、恋人は夏、モスクワをあとにして、南ロシアに向かい、彼女を追って主人公もパヴレツ駅から南ロシアに旅立つ。この詩「ラスパート」から第六章「帰還」までは旅の詩篇である。

これらの詩篇のなかには、南ロシアの都市や町の名、また、川の名前がちりばめられていて、それらを繋ぎ合わせると、左頁のような地図が出来上がる。

タムボフ、ルジャクサ、ムチカープ、ロマノフカ、バラショフはいずれも、鉄道支線カムイシン線上にあり、この辺りはステップ地帯と呼ばれ、丈高い草が生い茂る地域である。第四章「ロマノフカ」のはじめに位置する詩「草原（ステップ）」では、南ロシアで再会した二人が、海のように果てしない草原を泳ぐように歩く情景が描かれる。

静けさへの遠出はなんと素晴しかったか。
海洋画のような果てしない草原、
ハネガヤ草はため息をつき、小蟻はさらさら音をたて
蚊のうなりがしている。

カムイシン線（鉄道支線）

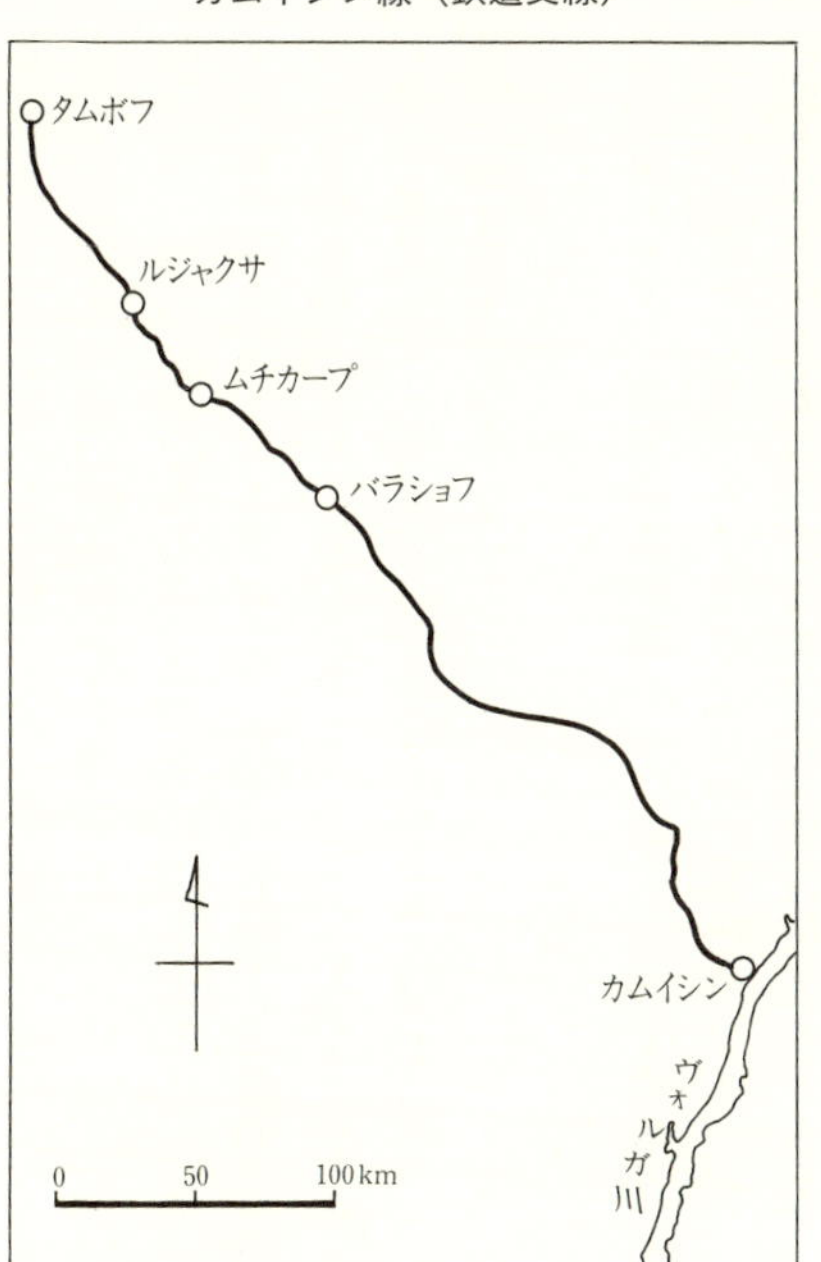

干草の山と雲は鎖のように繋がっては
ほどけ、火山は火山の上にある。
果てしない草原は沈黙し、濡れた、
草原は揺すり、運び去り、押しや
　る。

霧はいたるところ、海のようにぼ
　くらをつつんだ、
棘草のなか長靴下を追いながら、
渚を行くように草原をわけて歩い
　ていくのは不思議だ、
揺すり、運び去り、押しやる。

ロシアの農作業は夏の間に集中する。干草刈りは六月末の聖ペテロ祭の前後に一気に行われ、草を乾燥させたのち、山と積むのである。

恋人の後を追ってやって来た主人公だったが、この詩を最後に喜ばしい恋の詩は姿を消す。南ロシアで二人のあいだにどんな異変があったのか語られぬまま、詩「草原（ステップ）」のあとには「息苦しい夜」、「さらに息苦しい夜明け」と不安にみちた詩が続き、「ロマノフカ」に続く第五章の章題は「魂を引き離す試み」である。

「徒労に終わる全力をこめて」 第五章の四篇一、二番目にありカムイシン線上の町の名をとった詩「ムチカープ」、「ムチカープの喫茶店のハエ」は、いずれも別れを暗示する重苦しい詩であり、続く詩「出迎えはつれなく」で破局は決定的となる。

出迎えはつれなく、訪れたのは無謀だった、
足を引きずるように来たのだ。
きみは口に水を含んだように、
天井を見ていた。

きみは黙っていた。ほかの誰のためにも
こんな悲しい思いで張り裂けることはなかった。

破局の理由はやはり不明である。そして、この章の最後にある章題詩「魂を引き離す試み」は次のように始まっている。

魂を引き離す試みは、
バイオリンの愁訴のように
まだ苦しげに鳴っている
ルジャクサとムチカープの名のなかで。

ぼくはそれらの名を、きみのように、
きみ自身であるかのように、
愛する、徒労に終わる全力をこめて
理性を失ってしまうほどに。

『わが妹人生』は、恋愛をテーマにした詩集でありながら、直接に愛を語る言葉は少なく、「ぼくは愛する」という表現は、詩集中、唯一のものである。破局の後に書かれた詩句「愛する、徒労に終わる全力をこめて／理性を失ってしまうほどに」は、恋を失ったことを認めてなお、激しい愛の炎を燃やす男の悲痛な言葉として、読者の胸に響く。

続く第六章では、南ロシアからモスクワに帰る汽車旅の詩「帰還」を経て、モスクワの自室を舞台にした詩「家で」が書かれ、これをもって旅の詩篇は終結する。詩「家で」には、「魂を引き離す試み」の章でみられたような悲痛さはすでにない。

いま、はるかな草原へ
はじめて、健康な風が吹いている。
蒸し暑く辛い、いくつもの名前を
使い切ることはできない。
星よ、座席券よ、数々の橋よ、
眠れ。

詩句「はじめて、健康な風が吹いている」を、詩人がエレーナとの恋について書いた言葉「不健康な、不眠の、とてつもない愛」に重ね合わせて読むと、ここで、愛の一つの形が終わったことが感じられる。

この詩の欄外には次のような註がつけられている。「この秋にも、同じパヴレツ駅から人々は発って行った」。夏、南ロシアに発っていったパヴレツ駅に、秋、主人公は降り立ち、旅ゆく人々を眺めているのである。

再び、恋人へ

次の七章の章題は「エレーナに」。恋人の名前が、ようやくここで明かされる。

「エレーナ」は、パステルナークの恋人だったエレーナを直接、指す名前だが、実在の人物だけで女主人公を縛る必要はない。この章の詩「エレーナ」を読むと、「トロイ」「スパルタの妃」の詩句に突き当たる。エレーナのギリシャ語の名はヘレナである。詩集の女主人公には、エレーナ＝ヴィノグラードとトロイのヘレナのイメージが重なっている。詩人は女主人公に高貴なイメージを与えようとしたのか、それとも夥しい血が流される原因となった不吉な美を暗示したかったのだろうか。

七章では、詩「夏」、「永遠に一瞬の嵐」で再び夏について語られるが、その調子は恋を失った物憂さに彩られている。しかし、この詩集の主題は悲しみではない。八章「あとがき」の詩「愛すること、歩くこと」の最終連に主題は鮮明に表されている。

こうして、歌った、歌い、死んでいった、
死んでいき、そして、戻っていった、

彼女の腕の中に、ブーメランのように、
そして、覚えているかぎり、別れを告げていた。

恋の終焉を詩人は「死」と呼んだのである。ブーメランのように彼女の腕の中に戻ることと別れを告げることは矛盾しているようにも見えるが、これこそが最初の詩「悪魔の思い出に」につながる詩集の主題である。主人公は訣別を受け入れ、なお愛し続けるのだという思いに至り、執着から解き放たれる。青春の鮮烈な恋である。

新しい詩の空間

もう一人の主人公 『わが妹人生』の主旋律となっているのは恋の物語であるが、詩集全部の響きを占めているわけではない。恋の物語は詩集のいわば縦軸であり、それに絡み合う横軸がある。詩人がその特別な雰囲気を伝えたかった、と述べた一九一七年の夏である。「一九一七年夏」は詩集の副題でもある。歴史的事件や社会現象、自然や日常生活、主人公を取り巻いていた一九一七年夏のすべてがさまざまな形で現れる。

たとえば、無政府状態になった地方で列車が立往生しているさまは詩「草原の書」の第三章にある「ラスパート」でこう語られる。

ぼくらはどこへ数時間を切り取ればいいのか。
どうやって紛らせばいいのか、ラスパート駅よ。
奇蹟はボルガ流域の世界に現れ、
荒れ狂い、眠らない。

「奇蹟」とはロシア全土を被いつくした革命のことである。運転手の罷業、あるいは他の鉄道員の罷業のために列車は止まったのか。ボルガ流域もまた革命に揺れていて、恋人を追ってきた主人公は「奇蹟」の只中にいるのである。

二〇世紀初頭に象徴主義詩人として活躍し、ソヴェト時代は文芸学者として有名だったV＝ブリューソフは『わが妹人生』について、こう述べた。「パステルナークの詩にとくに革命を扱ったものはないが、おそらくは詩人自身もそれと気付かないまま、その詩は現代の精神に満ちている。彼の心理は古めかしい書物に依拠するのではなく、現代生活の条件下においてのみ形成される」(「ロシア詩の昨日、今日、明日」『革命と出版』誌)

新しい詩

詩集『わが妹人生』は一九二二年に出版されるとたちまち、大きな反響を呼んだ。批評家や他の詩人たちの目を見張らせたパステルナークの詩の新しさとはどのようなものだったのか。
ソヴェトの文芸学者Y＝トゥイニャーノフは詩論『過渡期の詩人たち』のなかで、一九一〇年代、二〇年代に活躍する詩人たちとその詩の特徴を述べている。当然、パステルナークも取り上げられて、詩の革新性についての論が詳しく展開されている。著者の論旨に沿って簡単に言うと、未来主義詩人フレーブニコフやマヤコフスキーは、新しい詩を求めて言葉そのものの領域に踏み込んでしまったため、詩人の使う言葉は読者の意識からずれてしまい、わかりにくいものになってしまった。読者の意識と同じレベルに言葉を戻し、なおかつ、新しい詩を生み出すことがパステルナークに求められたのだという。
使い古された言葉を使い、当たり前に詩を書いたのでは、古色蒼然とした詩が出来上がるだけだ。パステルナークの詩に革新性を与えているものの一つは、語結合である。たとえば、こういう詩行がある。

夜は、筋肉で垣根を越え
明け方までとび跳ねている。
（「民警の笛」）

平易な言葉で作られた詩行に面喰うのは、語結合の常識が破られているためである。しかし、この詩行の前には「召使いたちはストライキ中だ／埃まみれの汚れた屑が邪魔で」という詩行がある。

召使いはストライキ中である。門番も玄関番もいない建物の周りは暗く、闇に沈んでいるのだろう。まさに夜が垣根を越えてやってきて、我が物顔でとび跳ねているのである。

さらに一歩、進んでみると、この詩の中には、夜とまったく同じことをしている人間の存在がある。人気（ひとけ）のない闇の中で主人公と女主人公は、安心してのびのびとはしゃぎまわっているのである。パステルナークの詩の世界で、言葉は硬直した意味の垣根を軽々と跳び越えて自由に結びつき、人間と自然は融け合っている。

独自の道

詩人は、韻律や文法を破壊したり、新造語や超意味言語を使うことはなかった。だが、日常に根ざした詩、現実を映し出す詩、従来の詩の概念に捕われない新しい詩を求めたという点でまさに未来主義者であったかも知れない。

模倣や迷いの時代を経て、豊富な語彙と新鮮な語結合や換喩による独自の詩的世界をパステルナークは作り上げた。未来主義から出発し、一つの文学流派の枠組をはるかに越えたのである。詩人自身、『わが妹人生』によって未来主義を離れ、自分の道を進むことになることを感じていた。『『わが妹人生』について誰にも話さず、自分の目指すものを隠してはいたが、これまでと同じ道を進むと周りの人々に思われるのには耐えられなかった」（『人々と状況』）と書いたほどである。

しかし、独自の道に踏み出そうとしたまさにそのとき、パステルナークの道は中断される。未曽有の事態が起ころうとしていた。

III　革命と新しい国家

一〇月革命と内戦下の生活

一〇月革命

長引く戦争に疲れていた民衆は、帝政崩壊後の政治を期待を持って見守った。しかし、臨時政府は戦争続行の政策をとり、人々を失望させた。

不安定な政府や明確な指針を示せない社会民主主義者とは違い、レーニンは断固とした方針を打ち出して民衆の心を捕えた。いっさいのブルジョワ勢力を廃し、すべての権力を労農ソヴェトへというのである。これに対して政府は、ボリシェヴィキ以外の社会主義者を入閣させて政権の安定を計るいっぽう、ボリシェヴィキへの弾圧を強めた。

しかし、七月にメンシェヴィキのケレンスキーが臨時政府の首相に就任しても、国内の秩序は回復しなかった。インフレが激化し、地方では、農民一揆や略奪が頻発してロシアは無政府状態に陥った。レーニンは政府の弾圧を逃れて一時、国外に脱出し、武装蜂起の機会を窺っていた。一〇月、国外にいたレーニンから蜂起の指令を受け、国内のボリシェヴィキ党は蜂起を決定。一一月七日、首都に到着したレーニンとともに、ボリシェヴィキ党とそれに従う諸部隊が、政府閣僚の立てこもる首都ペテルブルグの冬宮を包囲した。ボリシェヴィキはすでに主な機関を占拠し、首都を制圧しており、冬宮攻撃は短時間で終了、革命はほぼ無血で成功した。

演説するレーニン

政府は、ボリシェヴィキの独裁政権であった。ただちに「平和についての布告」、「土地についての布告」が出され、ドイツとの講和条約の締結が急がれ、地主の土地保有が禁止された。世界で初めてのプロレタリア独裁の国家が誕生したのである。

パステルナークと革命　ソヴェトの文芸学者ブリューソフは、帝政が倒れた二月革命とボリシェヴィキが政権を握った一〇月革命の違いを詩人たちの立場から、次のように書いている。

一九一七年二月はわが国の詩人の大多数にとってよく理解できるもので、「人民の自由」の旋律法に合わせて自分の詩をいち早く打ち立てるよう「歌い手」たちをかり立てた。新聞や雑誌には大戦の初期と同じようなステレオタイプの詩句が溢れていた。しかし一〇月は多くの、きわめて多くの詩人にとって、青天の霹靂であった。いままで詩にあったいくつもの声は沈黙した。

（『革命と出版』誌）

事実、帝政のくびきから解放されたいと漠然と願っていただけの人にとって、旧社会の秩序を根底から覆すボリシェヴィキ革命は明らかに行きすぎで、恐怖を呼ぶものだった。パステルナークは階級による革命観の隔りについてこう書いている。

富や権力が貧しい人々に撒き散らした侮辱という名の辛い学校を経てきた人々は、革命を自分の怒りの激発であり、長きにわたった恥辱にたいして自らの血をもってする清算であると考えた。いっぽう、苦しみを経験しなかった、おもに知識人からなる現実離れした傍観者たちの場合、革命に共鳴したとしても、今まで継承され、戦争で広く行きわたったスラブ主義的愛国主義哲学のプリズムを通して革命を見ているというだけのことだった。

（『人々と状況』の草稿から）

パステルナーク自身は一〇月革命をどのように受け止めたのか。ソヴェト時代、彼は「貴族趣味」という非難をよく受けたが、これは理不尽である。すでに述べたように職業的芸術家のパステルナーク家には不労所得は一切なく、貴族ともブルジョワとも明らかに異っていた。革命直後の心境を綴った晩年の詩「転変」には「貴族階級とも、洗練された聴衆とも／なじみがあったが／私は無為徒食の敵だったし／貧しい人の友だった」とある。しかも、旧ロシア社会から多少なりとも恩恵を受けていたのは父レオニードである。詩人としての地位もなく、定職もなく、翻訳や家庭教師でその日を暮らし、そのため、恋まで失ったボリスが旧秩序に強い愛着を持っていたとは思えない。未来主義の破壊のエネルギーに惹かれたと同様に革命に共感を覚えたとしても何の不思議もない。長編『ドクトル・ジバゴ』の中で、革命を告げる号外を受け取った主人公ジバゴはこう独白する。

なんというすばらしい外科手術だろう。悪臭をただよわす古い腫物を、手並みもあざやかに一気に切除してしまった！　何世紀ものあいだ、ひたすら拝跪され、あがめたてまつられることになれてきた不正に、ずばり、なんのあいまいさも残さぬ判決が下ったんだ。

（江川卓訳『ドクトル・ジバゴ』時事通信社）

パステルナークの心境もジバゴと同じようであったに違いない。なお、恐怖と困惑で沈黙したロシア文壇の中で、未来主義者は革命を歓迎する立場をいち早く明らかにした。

詩集『わが妹人生』をほぼ書き上げたのち、詩人は第四詩集『主題と変奏』の執筆にとりかかった。未来主義グループの会合に顔を出すこともあった。

内　戦

一九一八年に入ると、反革命勢力が地方に結集し始め、革命が自国に波及することを恐れた諸外国は、反革命軍を支援する名目でロシアに侵入した。イギリス、フランス、チェコスロヴァキアの軍が次々に国境を越え、日米軍はウラジオストークに上陸。各地でさまざまな勢力が衝突し、ロシア全土は内戦状態となった。

物資の流れは滞り、生活は窮乏を極めた。学校は閉鎖された。パステルナークの両親と妹たちの住んでいた住居には、何家族もがひしめき合い、台所や浴室を共有した。ボリスの内戦時の住所は不定で、自分のアパートと両親を行き来して、家族を助けようと奔走していたらしい。翻訳をしたり、鉄道新聞に勤めたりした。この頃、マヤコフスキーはアジプロ詩を書きまくり、列車でロシア全土を駆けて反革命軍との戦いを訴えた。パステルナークも誘われるが、結局、これには加わらなかった。

党員でさえ飢えていた時代である。ボリスの奔走も大した役には立たず、一家は売り食いで何とか凌いでいた。一九一八年の冬は厳しく、飢えに寒さが追い打ちをかけ、町ではチフスが流行し、多くの人が命を落とした。戦況は、当初、ボリシェヴィキの赤軍に不利だった。詩「一九一八年末の大吹雪のクレムリン」には、諸外国軍や反革命軍に追いこまれ、四面楚歌のクレムリンの姿がある。

廃墟の最後の駅のように
不意に雪のなかに投げ出されたように
真夜中に口笛や怒号でわく広場を
フェルト長靴でようやく歩く人のように

息たえる最後に
すべてが闇でおおわれるとき
つむじ風が心を消さぬようにと
哀しみをこの吹雪に呼びかける。

両親と妹との別れ　翌一九年の冬も早くやって来た。都市部の食糧不足はますます深刻になった。ウクライナに移住した友人ペトロフスキーに林檎と乾パンを送ってほしいと頼んだパステルナークの手紙から、当時の暮らしぶりが知れる。

ご存知とも思いますが、ここモスクワの冬はまったく恐しいものでした。（略）部屋を半分提供し、家の中はすし詰めでした。早く、とても早く、思いがけないほど早く初雪が降り、一〇月の初めには完全に冬になりました。ぼくはまるで別人のようになって、隣の全ロシア非常委員会の建物付近に薪を盗みに行きました。少しずつ盗んだのです。まだ他にもこのようなことがあります。どうです、ぼくも、ソヴェト国民になったという訳です。

反革命軍に撃破され、風前の灯だった革命の火が消されなかったのは奇蹟である。世界の主要国はボリシェヴィキの国家が存続するとは思っていなかった。しかし、瀬戸際で、長い間圧迫されていた人々の心に火がついた。赤軍の最高指揮官トロツキーのもと、名もない人々の粘り強い戦いが革命を守り抜いたのである。一九一九年末には赤軍の優勢は決定的になった。

一九二〇年、美術・建築・彫刻学校は再建された。しかし、体制の大変革とともに芸術にも改革の波が押し寄せた。困窮のなかでも、革命のエネルギーを感じさせる新しい芸術が花咲いた。美術界では、タトリン、マレーヴィチ、カンディンスキーら前衛画家が活躍するいっぽうで、古典的な技法と写実的な画風のレオニード＝パステルナークは逼塞を余儀なくされたのである。ロザリアの心臓の状態も悪く、国内では高度の治療は望めなかった。一九二一年八月、当時の文化大臣ルナチャルスキーの尽力で、レオニード夫妻、妹リディアはベルリンに出国した。もう一人の妹ジョセフィーヌはすでに一足早くドイツに留学していた。亡命ではなく、合法的な出国であったが、結局、夫妻が再びロシアの地を踏むことはなかった。ボリスと建築家の弟アレクサンドルはソヴェト・ロシアにとどまった。

結　婚

パステルナーク兄弟は両親のアパートに住むようになった。家族が発って間もなく、詩人はエヴゲーニャ＝ルリエと知り合う。エヴゲーニャはペテルブルグの富裕なユダヤ商人の家庭に生まれ、モスクワで女学校を出たあと画家を目指して勉強中であった。秀でた額と美しい目鼻立ち、小柄で華奢な才気に溢れた画学生はたちどころにパステルナークの心をとらえた。父レオニードのアトリエに暮らしていたボリスは恋人を自室に招き、残された父の絵の具を提供したという。やがて、エヴゲーニャはボリスの部屋を頻繁に訪れるようになり、翌一九二二年の二月、ペテルブルグで二人は結婚式を挙げた。ルリエ家は完全にユダヤ式で、結婚もユダヤの儀式通りに行われたのである。生活面でほとんどロシアに同化していたパステルナークにとっては異和感があったが、妨げにはならなかった。知り合って僅か半年の間に燃え上がった盲目的な愛である。パステルナーク三十二歳。分別を失う年齢とも思えず、決して世間知らずではないこの詩人も、恋愛となると、いつも常軌を逸したようなところがある。

迷いのとき

新経済政策

反革命軍を破り、諸外国の干渉軍を退けたものの、国力の弱まったソヴェトはバルト三国、ガリツィア、白ロシアの一部など多くの領土を失った。産業も荒廃した。

まさに満身創痍の勝利だったのである。そのうえ、国内では、政府を支持していた農村で反乱が起こるようになる。厳しい穀物調達に農民の不満が爆発したのである。一九二〇年からは三年続きの凶作となり、農民の生活苦に追い打ちをかけた。

レーニンは、疲弊し切った国内で強引に社会主義政策を押し進めることは無理だと判断し、一九二二年、ネップと呼ばれた新経済政策を開始した。これは、余剰農産物の自由販売を認め、小規模工業を国有から除外して製品の流通を自由化した、いわば資本主義に逆戻りする政策であった。ネップにより農村は息を吹き返し、産業界は活気づいた。個人経営の出版所が現れ、本や雑誌の出版もようやく活発に行われるようになったのである。

「わが妹人生」の出版とその反響

一九二〇年一〇月、国立出版所において詩集『わが妹人生』の出版契約が結ばれるが、出版に至らなかった。翌二一年五月に『わが妹人生』と続いて書き上げられた詩集『主題と変奏』を合わせた契約が成立したが、これも履行されずに終わる。内戦により出版事情が極度に悪化していたためである。結局、ネップの恩恵を受けたグルジェビン社から、二二年六月になってようやく、モスクワとペテルブルグで出版され、ついでベルリンでも出された。脱稿後、五年近くが経過していた。

詩集は出版前から、手書きの写本の形で出回り、とくに詩を書く若者のバイブル的存在となっていた。出版後、大きな反響を呼び、高く評価されたことはすでに述べた通りである。同時代の詩人の誰一人としてパステルナークの影響から逃れられなかった、と言われたほどである。詩人たちだけでなく、政府の文芸政策の担当者で、のちにソヴェトを代表する文芸誌「新世界」の編集長となったV＝ポロンスキーもパステルナークを次のように絶賛した。

現在、パステルナークは未来主義から離れて成長し、言葉に関するあらゆるテクニックを自分のものにした。公正にみて、現代詩におけるもっとも有望で才能ある代表的詩人の一人である。その詩は響きを持ち、韻は独創的で思いがけない。韻律は新鮮で独特であり、詩のテクニックは洗練されている。

（『わが妹人生』への序）

無名の詩人ボリス＝パステルナークは第三詩集『わが妹人生』によって、新しい国家に慧星のごとく現れたのである。

詩人の憂鬱

詩集が高い評価を受けたことは、喜ばしいことのはずであった。しかし、詩集が出版されずにいた数年間にはあまりに多くの出来事がありすぎた。

日々の糧を得るために奔走する生活のなかでは、数篇の詩を書く時間を見つけることすら難しかった。詩作の時間は、翻訳やそのほかの仕事に取ってかわられた。劣悪な住環境で、落ち着いて仕事する小さな個室すらなかった。しかも、インフレは相変わらずひどく、詩集の出版も経済的にはたいした恩恵にならなかった。輝かしい成功を収め、有望な詩人として迎えられたそのとき、実際には、詩人生命をあやぶまずにはいられないという矛盾した状態にあったのである。

一九二二年夏、ついにパステルナークは一時、国外に出る決心をし、作品を送る約束で編集者のポロンスキーに前借りを頼んで、旅費と滞在費を工面した。

「ぼくが何も仕事をしないでいるのはもう五年目だ」という手紙を友人のユルキンは受け取っている。またブリューソフへの手紙には、「仕事をしに行くのです。モスクワが要求するような方法では仕事があったりなかったり。手元不如意のために、そのあいだに自分の仕事をする時間をとることができないのです」と書かれている。

一年ほどの予定で、まず、両親のいるベルリンを訪れ、その後、かつて過したマールブルグへも足をのばすつもりで、ドイツへ行くことになった。

トロツキーとの会見

ドイツ行きの前の晩、アパートでパステルナーク夫妻を送るささやかな集りがあった。弟アレクサンドル、アレクサンドルの妻イリーナ、イリーナの弟N＝ヴィリモント、友人のロクス、ボブロフらがいた。ヴィリモントは、著書『ボリス・パステルナークについて』のなかで、当時を回想している。

それによると、その夜は通夜のようで、ボブロフだけが、ひっきりなしに洒落をとばしていた。パステルナークは興奮状態で、夫人は不機嫌だった。ほとんどの人が酩酊していた。ヴィリモントはその晩、詩人のアパートに泊まった。翌日、昼の一二時頃、ようやく起き出したパステルナークに電話がかかってきた。人民委員部の秘書からで、トロツキーが午後一時にパステルナークとの接見を求めているというのである。

詩人は大急ぎで髭を剃り、水を飲み、さめたコーヒーで口をすすいだ。青い背広の埃をはらい、アイロンをかけた。二日酔いでがんがんする頭で、さし回しのサイドカー付オートバイに乗って出かけていく。

互いに名乗って挨拶したあと、詩人と人民委員の会話はこんなふうに始まったらしい。

―どうも。伺う前に送別会をしていたものですから。

―まったく、ひどいありさまですな。

誰もがへり下って自分に接するのに慣れていたトロツキーは、出立前の混乱ぶりを隠そうともしないパステルナークに度肝を抜かれたのだ、とヴィリモントは書いている。

そのあとも、「あなたは、観念論者だといわれているが、本当ですか」という問いに、詩人は正面きって「はい」と答え、マルクスの歴史的唯物論を至上とする政府の要人は苦り切った。しかし、トロツキーは辛抱強く話を続けた。彼は当時、文学についての論文を書こうとしており、同時代の作品を次々に読んでいたのである。

―昨日、密生した茂みのようなあなたの本を読み始めたのですが。あの本のなかでいったい何を表したかったのですか。

——それは読者が議論すべきことです。つまり、ご自身で決めればよいのです。

——ふむ、それでは、何とか読み続けるとしましょう。お目にかかれてよかった、パステルナークさん、ソヴェトに戻られたとき、また会いましょう。

——私も楽しかったです、とても。きっとまたお目にかかりましょう。


　のちにトロツキーが著した有名な論文『文学と革命』には、パステルナークについて何も書かれていない。「密生した茂み」のなかで迷い、評価を下すに至らなかったのだろうか。しかし、のちの文学官僚とは違い、理解し難いものにただちに「悪」のレッテルを貼るような愚は犯さなかった。芸術は個人的なものという詩人の考えをトロツキーは理解し、理解を越えた作品に対しては沈黙するだけの能力を持っていたのである。

トロツキー

ベルリン

　パステルナーク夫妻はあわただしく出立していった。駅まで見送ろうとしたヴィリモントはおしとどめられた。

「コーリャ（ヴィリモントの愛称＝訳者）、わかってほしい、ぼくはもう去ってしまっているんだよ。もう、すべては夢のようなものなんだ。ここで抱き合ってお別れしたほうがいい」

一九二二年、八月のことである。

出国後まもなく、小説『リュベルスの幼年時代』がモスクワで出版された。

ベルリンには、多くの亡命ロシア人が住んでいた。ベールイ、ホダセーヴィチ、エレンブルグ、ギッピウス、ヤコブソンなど帝政ロシア時代に活躍した詩人、作家、文芸学者もいて、一つの社会を作り上げていた。

パステルナークは文学者の集まりによく顔を出した。彼はあたたかく迎えられたが、自分が理解されているとは思えなかった。狭いロシア人社会のなかで、人々が互いにいがみ合っているのも嫌だった。インフレのひどいソヴェトに比べ、物価は安定し、暮らしやすかったが、心に訴えるものがなかったのである。

インテリ階層の出身者としていわれなき憎悪を受け、生活苦で書くこともままならないソヴェトから逃れるようにしてベルリンまできた詩人だったが、虚空に話しかけるような空しさを覚えた。安穏なだけの生活では創作する情熱は生まれなかった。その頃、妻のエヴゲーニャが妊娠した。彼女は当初、パリで絵の勉強をしたがっていたが、妊娠を知るとペテルブルグの両親の元での出産を望んだ。

一九二三年三月、予定を大幅に繰り上げてパステルナーク夫妻は帰国した。約束の散文は書かれず、わずか数篇の詩が出来ただけであった。

ソヴェト詩人として

レフ

一〇月革命後のソヴェトの文学には、さまざまな潮流があったが、大別すると、ボリシェヴィキ革命を支持した左派未来主義者、政治とは関わらないが革命に反対はしない「同伴者」と呼ばれる作家たち、プロレタリア作家たちの三つに分けられる。

左派未来主義はマヤコフスキー、アセーエフが中心となり、「同伴者」にはM＝ゾシチェンコ、B＝ピリニャークなど有能な作家がいた。プロレタリア作家はA＝ボクダーノフらを中心として、政治においてプロレタリアが独裁しているように、文学におけるヘゲモニーを握ろうとしていた。

パステルナークの立場は微妙だった。文学的には、すでに詩集『わが妹人生』で未来主義から離れていた。「一七年までは表向き、私には皆と共通の道がありました。でも、宿命的な独自性が、私を袋小路に追い込んだのです」と編集者ポロンスキーに書いたのは二〇年のことである。政治とは関わらないが、革命は受け入れるという姿勢は、「同伴者」作家にもっとも近く、実際、「同伴者」の作家グループ「セラピオン兄弟」と親しく付き合うようになっていた。

いっぽうで、未来主義詩人たちとの個人的な繋がりは続いていた。ことに、マヤコフスキーとアセーエフとの友情は革命から内戦にかけて深まっていた。結局、「セラピオン兄弟」には加わらず、マヤコフスキーが中心となって作られた文学グループ「芸術左翼戦線」（レフ）のメンバーとなった。レフは一九二三年の初頭に結成され、三月には同名の雑誌の創刊号が出版された。結成メンバーには、マヤコフスキー、アセーエフ、パステルナークの他、O＝ブリーク、N＝チュジャクらの作家に言語学のV＝シクロフスキーらが加わった。

レフの理念は、文学、詩学、美術など、さまざまな芸術分野において革命に貢献する芸術を追求するというものである。だが、芸術は本来、個人に属するのだから、特定の政治思想に貢献するのはおかしい。後年、パステルナークは「レフの思想は私には理解しがたかった」（『人々と状況』）と書き、レフのなかでは独創性のない、時代に屈したにせの芸術が幅をきかせていた、と手厳しく批判している。

とはいえ、一九二五年に「レフ」誌が廃刊になるまで作品を掲載し、同人から少なからぬ影響を受けたことも事実である。また、政治的に中立な同伴者のグループではなく、明らかに革命の側に立つレフに加わったのはマヤコフスキーやアセーエフへの友情だけが理由ではない。亡命することも可能だったベルリンを捨て、詩人はソヴェトへ戻った。すすんでソヴェトを選び、敢えて旗印を鮮明にしたのである。

抒情詩を離れて

帰国後も、相変らず生活は苦しかった。翻訳料やわずかな稿料、出版社からの前借り金で暮らし、それでも足りないときは、家に残っていた貴金属を金にかえた。一九二三年九月、長男エヴゲーニィが生まれた。韻文小説『スペクトルスキー』（一九三一年）の序文には、こう書かれている。

甘い白パンの生活から、干しぶどうを
佳調にしてつまみ出すのに慣れてしまったから、
私はまず捨てねばならなかった、
韻にうんざりした博識ぶった男の道を。
貧しい暮らしだった。息子が生まれた。
子供じみたやり方を捨てるときだった。

パステルナークの芸術観は揺るぎのないもので、革命を賛美したり、社会主義建設を呼びかけたりする詩はほとんど、書かなかった。しかし、自分自身にたいしては、「韻にうんざりした博識ぶった男」と痛烈である。国民の大多数が満足に食べられない現状のなかで、抒情詩を書くことの意味が見出せなかった。

また、ソヴェトの詩人のあいだには、抒情詩を無用のものとみなす考えが広がりつつあった。長男が誕生したあと、一九二三年冬、パステルナークは初めての叙事詩『崇高なる病』に着手。同じ頃、内戦を背景にして、時代の波に翻弄される男女を描いた短編『空の道』を書き上げた。

叙事詩『崇高なる病』のなかには、革命、内戦、日本の関東大震災などさまざまな社会的テーマが断片的に現れる。ここで、パステルナークは自嘲をこめて詩を「崇高な病」というのである。

いくつもの年が過ぎてゆく、すべては闇の中だ。
トロイの時代が生まれる。
ある人は信じ、ある人は信じない、炎は燃え、
じりじりとして交代を待っている、

最初の妻エヴゲーニャと息子エヴゲーニィ
レニングラードにて（1924年）

弱っていき、盲目になり、日々は
続く、
そして要塞では天井が粉々に砕け
散る
私は恥ずかしい、日ごとに恥ずし
くなる、
このような闇の世紀に
一つの崇高な病いが
いまだ詩と呼ばれているのが。

スターリン（1879―1953）

抒情詩集『わが妹人生』で己の詩的世界を築き上げたパステルナークが、わずか数年後には詩を「崇高なる病」という。苦悩のほどが知れるのである。

レーニンの死　一九二四年一月、レーニンが死んだ。

すでに一年前から、卒中で倒れて執務不能になっていた指導者の後継をめぐって、トロツキーとスターリンは激しく争っていた。トロツキーは内戦を赤軍の勝利に導いた功労者であり、レーニンに匹敵する理論家だったが、生粋のボリシェヴィキではなく、党内基盤が弱かった。加えて、非妥協的性格で国民的人気とは裏腹に人望がなかった。スターリンはレーニンの衰えに乗じ、人事権を乱用して反対派を排除し、政治的基盤を固めていった。スターリンのやり方に危惧を抱いたレーニンは党の中央委員に宛てて遺書を書き、すでに書記長になっていたスターリンの解任を訴えた。「スターリンは粗野にすぎる」という有名な一文は、真実を衝いていた。ソ連邦はこの粗野な男に蹂躙され尽くすのである。

男のつまらぬ嫉妬がロシアの運命を狂わせた。古参党員のG＝ジノヴィエフ、L＝カーメネフはトロツキーの支配を嫌い、スターリンを擁護した。レーニンの遺言は無視され、遺書は発表されなかった。ジノヴィエフ、カーメネフは後にこの愚行を血で贖(あがな)うことになる。権力の頂点にのぼりつめたとき、スターリンは用済みの二人を容赦なく粛清したのである。

国民には何一つ知らされなかった。人々はレーニンの死を悼んで、厳寒のモスクワの空の下、葬儀に参列した。パステルナークの姿もあった。

叙事詩の成功

はじめての叙事詩『崇高なる病』の評判は芳しくなかったが、叙事詩へ移行する試みは続けられた。生活は苦しかったが、一九二五年に入って精神状態は落ちつき、創作意欲が高まった。一月三一日付の詩人O＝マンデリシュタームへの手紙には、「貧乏とは言わないまでも、きわめてつつましく暮らしています。かつてないほど気分がいいのです。落ちついて、信念を持っています。走り書きのようなものを始めさえしました。どうにかして、作品にしようと思っています」と書いている。

この手紙どおり、韻文小説『スペクトルスキー』に着手し、はじめの何章かを書き上げる。しかし、再び家計が悪化して『スペクトルスキー』を中断して翻訳などをするあいだに、新たな作品、『一九〇五年』の着想を得る。

この作品は、第一次革命を自らの体験と当時の資料をもとにして描いた叙事詩である。一九二五年の夏から資料を集めはじめ、二五年から二六年の冬にかけて精力的に執筆し、二六年の二月には完成した。このすぐあと、叙事詩『シュミット大尉』にかかり、年内に書き上げた。
叙事詩『一九〇五年』と『シュミット大尉』は歴史的な事実とロマンチズムを融合させる意図を持っていた。パステルナークの意図が正確に理解されたわけではなかったが、史実を格調高い簡潔な言葉で表現したことが高く評価された。また一般読者からも好評を博した。一九二七年には早くも、モスクワとレニングラードの国立出版所から単行本が出た。叙事詩を書いたことについて、プロレタリア系雑誌「文学哨所」誌のインタビューに、詩人はこう答えている。

叙事詩は時代の要求であると思っています。だから、とてもむずかしいことでしたが、『一九〇五年』で抒情的思考から叙事詩へと移ってきたのです。

ブルジョワ的であるという非難を浴び続けてきたパステルナークの作品やコメントが、プロレタリア系雑誌に載ったことは、画期的である。全連邦プロレタリア作家協会（ワップ）は、結成当初から、プロレタリア作家以外の作品はすべて排除すべき、という非妥協的で好戦的態度を取り、同伴者やその他の作家を悩ませてきたが、一九二五年、「文芸の領域における党の政策について」と題された決議が採択され、特定の文学グループを支持しない党の政策が確認された後、方針を転換した。プロレタリア文学の質を高めるためにさまざまな良質の文学を受け入れ始めたのである。このようなプロレタリア作家グループと時代の要求に応えようとしたパステルナーク双方の歩み寄りによって、一年前ならば考えられないような組み合わせが実現したのである。同伴者系雑誌とプロレタリア系雑誌の両方から迎えられ、パステルナークはマヤコフスキーと並ぶ国民的詩人と称されるまでになる。また第三詩集『わが妹人生』と第四詩集『主題と変奏』も一九二七年に再版された。

不和

表向きの生活は、充実していたが、パステルナークと妻エヴゲーニャの間は、一九二六年頃からうまく行っていなかった。長男を出産したあとエヴゲーニャの体調はすぐれず、絵を続けるという夢も頓挫した格好になり、苛立ちが募っていた。ボリスは絶え間なく借金をしては、乳母をやとったり、静養のための別荘を借りたりしていたが、働きづめの生活のなかで、つねに妻を気遣わねばならないことに疲れ始めていた。

妻から離れた気持ちは、愛の対象を求めていた。二六年にはベルリン在住のロシア女流詩人ツヴエターエワとの文通が盛んになり、真剣に彼女との愛を考える。この関係は、ドイツの詩人リルケが文通に加わり、ツヴェターエワの愛がパステルナークからリルケに移ることで終わった。翌二七年には、かつて恋心を抱いたこともある従妹オリガへの思いが再燃する。しかし、オリガはボリスの接近の背後に妻との不和があることを冷静に見抜き、距離を保った。

夫とツヴェターエワやオリガとの関係をエヴゲーニャは憎んだが、みずからも、療養先で恋愛を楽しみ、それを夫に告白したりした。こうして、互いに傷つけ合いながら、諍(いさか)いと和解を繰り返した。離婚も含めた真剣な話し合いの末、一時的には小康状態を得たが、二人の溝は埋まらなかった。

オリガ＝フレイデンベルグの慧眼は不和の原因をつぎのように結論づけている。

二人とも芸術家で、多くの芸術家がそうであるように、自我が強かった。エヴゲーニャはパリに行くことを夢見ていて、ボリスとの結婚でロシアの大地から解放されると考えていた。彼女の夢は破れた。ボリスはトルストイ的な秩序正しい生活様式に慣れていた、つまり、創作霊感に充たされた日常生活を提案した。彼のほうは、プッチーニの台本にあるような生き方にはまったく惹かれなかったし、芸術が放埒な生活に結びついているとは考えていなかった。彼の父親は画家で、母親は音楽家、彼自身は詩人だった。彼はまったく別の真理を知っていた。芸術は糸を巻くようにさまざまなものを巻きつけ、人を抑制し、集中させ、家族を結晶させるものだということを。（『愛と詩の手紙』）

エヴゲーニャは、ボリスがいずれ国外に出ると信じて結婚したのだろうか。ボリスは、名ピアニストの栄光を捨てて家庭人となった母ロザリアと同じ生き方を妻に求めていたのだろうか。二人の思いはかみ合わなかった。夫はロシアの大地と秩序正しい日常生活を愛したが、画家としての自己実現を強く願っていた妻にとっては、ロシアも、つつましい家庭も愛の対象とはならなかったのである。

一九二八年一二月の第一五回共産党大会で、書記長スターリンは第一次五ケ年計画を発表した。大規模で急速な重工業の発展を目指し、五年後には国の総生産を二五〇%アップさせるというものである。ネップは完全に廃棄され、社会主義の計画経済がここに始まることになった。この無理な計画を推し進めるために、スターリンはまず自分の権力の強化をはかった。一九二九年一月には宿敵トロツキーを軍事委員会から追放した。また、カーメネフ、ジノヴィエフら有力党員を決定機関から閉め出し、異論を唱える党員を次々と除名していったのである。

しのびよる影

全国的には、農業の集団化を急いだ。増加する鉱・工業労働者の食糧を安定的に確保するためにも、中央の命令に即座に従う集団農場の比率を増やす必要があったのである。しかし、ネップ期にみずからの才覚で耕地を広げ、家畜を増やしてきた篤農家は集団化に納得しなかった。国営農場にとられるよりは、と家畜を殺して激しく抵抗をした。これに対し、政府は社会主義国家建設の大義名分を掲げ、国営農場、村営農場に参加しない農家に富農のレッテルを貼り、農地を取り上げ、強制的にシベリア方面に移住させた。こうして、農業の集団化政策は、悪名高い、富農撲滅運動へと変わっていき、国の政策に異を唱えるものは排除されるという恐怖が、ロシアの人々の自由を次第に奪っていくことになる。

文学界にも変化が起こっていた。プロレタリア作家、批評家達の態度がおかしくなったのである。彼等は一九二五年以降、急進的なワップを解散させ、新しくロシア・プロレタリア作家協会（ラップ）を組織して柔軟な路線をとっていたのに一九二八年から再び作家に対する個人攻撃を始めたのである。叙事詩で評価されたパステルナークは攻撃の対象とはされず、一連の動きを冷静に観察することができた。以前の反ブルジョワ、反インテリゲンツィアの運動は旧悪を暴こうという熱意の過剰の末に行われたものだが、今度の攻撃には熱意も道徳的背景もなく、以前のものとは似て非なるものだと、詩人は従妹フレイデンベルグに書いている。

文学界の重苦しい空気は、一九二八年暮の友人スパツキーに宛てた手紙から推測できる。

ぼくは神経的にとてもまいっていて、肉体的にも弱りきっています。いっそのこと、公的に前もって決められた動きがあれば、とにかくそれに反応できて楽なのですが…。そういうものは、ないばかりか、予見すらできません。ただ雰囲気だけが以前は良かったのに耐え難くなっているのを気付かせるのです。

一九二九年、いよいよ、曇天から激しい雨が降ってきた。新聞、雑誌誌上で同伴者作家に対する非難キャンペーンが始まったのである。攻撃は党員にも及んだ。「赤い処女地」誌の編集長ヴォロンスキーと「新世界」誌の編集長ポロンスキーが同伴者作家に好意的であるという非難を浴びて、雑誌からはずされたのである。パステルナークは雑誌への作品掲載を拒否して抗議を表したが、叙事詩の輝かしい成功の直後でもあり、表立った攻撃は受けなかった。

Ⅳ 二〇年代の作品と韻文小説『スペクトルスキー』

『空路』

『空路』まで

短編小説『空路』は、一九二三年から二四年にかけて執筆された。おもな散文作品としては、『アペルスの線』（一九一八年）、『トゥーラからの手紙』（一九二二年）、『リュベルスの幼年時代』（一九二二年）につぐ四作目である。

前作『リュベルスの幼年時代』の出版からわずか二年の隔りであるが、この間にはベルリン滞在がある。一九二二年八月から一月まで、わずか半年足らずの滞在であり、創作的には全くの空白期間であったが、内面的には、ロシアの地に結びつけられていることを認識した重要な時間であった。ロシアでは、内戦に勝利したボリシェヴィキ政権が本格的な国づくりに乗り出そうとしていた。いよいよ、ソヴェト社会と正面から関わらねばならぬときだった。

『空路』には、こうした詩人の状況を反映した創作上の転換が顕著に現れている。

革命の前後　短編『空路』は一九二四年、「ロシアの同時代人」誌の二月号に掲載された。ロシア文にしてわずか一一頁の作品であるが、一九三三年にまとめられた散文集の題名にこの作品名が使われているのをみても、二〇年代の散文を代表するものであることがわかる。

物語は三つの部分に分けられ、表面上はまだ平和だった一九〇五年から始まっている。裕福な若い夫婦。彼らには最近、息子が産まれたばかりで、喜びに溢れている。友人の海軍将校ポリヴァノフを客に迎える夜までが第一部。そして、その夜、赤ん坊が誘拐されるところから第二部が始まる。取り乱した母親リョーリャは海軍将校ポリヴァノフに、赤ん坊の父親はあなただと告げ、助けを求める。

事件の顛末が語られぬままに、一五年以上の時が流れる。三部では、すでに一〇月革命後の内戦下である。帝政時代、海軍将校だったポリヴァノフは、赤軍の指揮官となっている。一五年前に赤ん坊だったトーシャは反革命軍に身を投じていて、母親のリョーリャはこの息子のためにポリヴァノフを訪ねてくる。この時、二人のやりとりから、誘拐騒ぎの成り行きが明らかになる。子供は見つけ出され、父親がポリヴァノフだというのは嘘だったとリョーリャは言い、リョーリャ夫妻もポリヴァノフも元の平穏な生活に戻ったのである。

ところが、一五年後、地方の革命本部の薄暗い執務室で、最初の打ち明け話こそが真実で、嘘だと言ったのは家庭を守るための方便だったとリョーリャは白状し、反革命行為で捕えられた息子を救ってほしいと頼む。はじめは、相手の身勝手に激昂しながらも、ポリヴァノフは息子を救おうとする。しかし、すでに遅く、トーシャは一時間前に裁判にかけられ、処刑されたことがわかる。

歴史の中の人間

この作品でまず目につくのは、人の営みを呑みつくし、破壊し、変貌させる社会的変動の圧倒的な力である。かつては幸福の化身のようだったリョーリャが、一五年後には、彼女を愛した男さえ見分けがつけられぬほどに汚れ、やつれている。ロシア帝国の海軍将校だったポリヴァノフが、ボリシェヴィキの指揮をとっている。革命と内戦が過去の秩序をくつがえし、新しい秩序の定まらないなかで、人々は方向を見失い、散り散りになっている。『リュベルスの幼年時代』で子供から少女時代へと、人間の内面の変化を描いた作者は、『空路』では一八〇度転じて、歴史の大変換に目を向けている。パステルナークのテーマが移ったことを明確に示すという点で、『空路』の出現は作品史上、一つの分岐点を成している。

このあと、詩人は、自伝的でありながら歴史のテーマを前面に出した叙事詩『一九〇五年』、歴史上の一人物を取り上げた『シュミット大尉』を書くことになる。また、後にも述べるが、『空路』に現れた人物や筋は、後に長編小説『ドクトル・ジバゴ』の人物や筋へと発展していくのである。

「空　路」

小説の題名であり、一九三三年の散文集の題名にもなっている「空路」とは何を意味しているのだろうか。「空」、「空の路」などの言葉で、作品中に次のように書かれている。

空は昼間も、荒廃した大地をはらみ、寝呆けている人間を押し倒し、夢想家たちをしゃんとさせた。
　これは空の路だった。この路を通って毎日リープクネヒトやレーニン及び同傾向の少数の秀れた人たちの直線的な思想が汽車のように、出発していった。この路はどこの国の国境も名称に関わりなく通過できる高度に設けられていた。この路線のうちの或る一本は、戦争中に開かれ、上空を路線が走る戦線の性質が空路建設者たちに要請した戦略的高度を保っていた。これは古い戦時の支線であり、ある時点にある場所でポーランドの国境を越え、ついでドイツの国境を横断したものだが、ここでこの空路は、誰の目から見ても平凡人の理解力と忍耐の限界を越えた。
（三木卓訳『空路』）

二〇世紀、ロシアから世界へと発せられた革命の思想が国境を越えていく空。「平凡人の理解力と忍耐の限界を越えた」空。一九二〇年のロシアの人々の頭上にあった空とは、このような空であった。親子が敵味方に分かれるような混乱も、たえまない逮捕や銃殺に埋めつくされた日常も、取りかえしのつかない速度で進むあらゆる出来事が、この空の下で起きていたのである。

この「空路」についての記述の少し前には、「一寸目をそらせて上の方を見ればそこにはおどろくほどみずみずしい空があった」とある。パステルナークがこの時代を新鮮な気持ちで受け止めていたことは、今となっては不思議である。だが、ロシアに生きた青年として、革命の徹底した破壊がもたらす偽りの爽快感から逃れられなかったとしても、それは彼の非ではない。

家庭内の秘密

『空路』は歴史的政治的テーマが扱われた初めての散文であることはすでに述べた通り。同時に『空路』以降によく見られるもう一つのテーマが初めて現れた作品でもある。それは家庭内の秘密、あるいは秘密の恋愛である。作者は二つのテーマを同時に扱うことで、人の行動要因の第一は外的なものではなく、内的なものであることに気付かせる。

革命が起きなければ、ポリヴァノフがボリシェヴィキの地方幹部になることはなかっただろう。だが、リョーリャとの苦い恋がなかったら、果して彼は同じ道を辿っただろうか。『空路』は読者に問いかける。人は本当にイデオロギーによって動くのだろうか。誰にも口にできぬ秘密につき動かされて、時代の波に飛び込んでいくのではないのか。やはり、本当にあなたの子なのだ、というリョーリャの言葉にポリヴァノフは激昂する。そのとき、彼の受けた傷があまりに深く、一五年の歳月によっても癒されなかったことが明らかになる。そして、なぜ、海軍将校がボリシェヴィキになったのかという謎がおのずと解けるのである。

秘密の恋愛が、きわめて大きな要因として現れるのは小説『ドクトル・ジバゴ』である。小説全体が秘密の恋愛に彩られているが、なかでも、女主人公ラーラの少女時代の秘密はパーシャ＝アンティーポフを傷つけ、大量殺戮を平然と行う軍事専門家へと変貌させる大きな要因となる。個人的な悲しみや怒りが、時代によってグロテスクに肥大化し、変わっていく過程が、アンティーポフという人物に託されている。その意味で、ポリヴァノフはアンティーポフの前身であると言えるだろう。もっとも、妻とわが子が住む町に平然と砲撃を加えるアンティーポフに比べると、息子の死に涙するポリヴァノフははるかに人間的である。一九二二年、革命家に対するパステルナークの眼差しは暖かかったのである。

『シュミット大尉』

叙事詩へ

一九二〇年代の半ば、エネルギッシュな前衛芸術は国内が落ち着くにつれ後退し、芸術界では歴史を写しとろうという試みが盛んになっていった。パステルナークも例外ではなく、散文に続いて詩においても本格的に歴史に取り組もうとしていた。

一九二五年六月、共産党中央委員会のY＝チェルニャークに次のような手紙を書いている。「いつものように、お願いの手紙です。しかも、今回のはとびきり厚かましいのです。大量の本を拝借したいのです。詳しくは、お目にかかった折にお話しましょう。あなたのところには申し分のない図書館があり、人脈もおありでしょう」

　厖大な資料にあたった末、一九一七年の革命ではなく、一九〇五年の第一次革命が題材に選ばれたことについて、反ボリシェヴィキ的な感情がすでにあったと考える研究者もいるが、それは違う。一九二五年は第一次革命二〇周年に当たった。不成功に終わったとはいえ、第一次革命は人民の抵抗の第一歩として位置づけられ、盛大に祝われたのである。パステルナークはむしろ、敏感に社会のニーズに応えたと言える。

　映画界では、第一次革命期の戦艦ポチョムキンの乱を描いた映画『戦艦ポチョムキン』が、エイゼンシュテイン監督の下で制作されていた。ソヴェトの新進作曲家ショスタコーヴィチの交響曲第一番の緊迫感溢れるリズムにのって繰り広げられる反乱と殺戮の悲劇は、白黒サイレント映画の傑作という世界的な評価を受け、今日でもなお上映され続けている。

セルゲイ＝シュミット

　すでに述べたように、第一次革命を扱ってはいても、叙事詩『一九〇五年』は自伝的色彩が強い。『シュミット大尉』は、『一九〇五年』が脱稿されたすぐあと、一九二六年から執筆され、翌二七年に完成したが、こちらの主人公は歴史上の人物で、一九〇五年当時、海軍大尉だったセルゲイ＝シュミットである。

　シュミットは一八六七年生まれ。クリミア半島の軍港セワストーポリの黒海艦隊に所属していた。一九〇五年の初頭から吹き荒れた革命の嵐は、黒海沿岸にも及び、黒海艦隊の一部の水兵とセワストーポリ市守備隊が蜂起した。シュミットはこの「セワストーポリの乱」を指揮したが、味方の艦隊が帝国側に寝返り、反乱は五日間で鎮圧され、シュミットは捕えられて、翌一九〇六年に処刑された。

しかし、彼は革命家ではなく、共産主義思想の持ち主でもなかった。虐げられる人々に同情し、ロシアが近代的な国家に生まれ変わることを願った理想家肌の人道主義者だった。反乱の先頭に立ったのも、計画的ではなかったのである。シュミットが物語の主人公に選ばれた事実のなかに、作者の明確な指向がうかがえる。鉄の意志をもって歴史をリードしていくような人物にパステルナークは惹かれない。彼が愛するのは、いつでも、歴史に翻弄され、迷い悩む普通の人である。

発砲から反乱へ　作品は三部から成っており、シュミットを中心に据えて、セワストーポリの乱を時間の経過と共に追っている。短い詩句の連なりが生み出す早いテンポが、迫りくる異変を予感させる。

一〇月。ストライキの環。
おお、風よ。悪魔の化身よ。
海も、積荷も、財宝も、
ひるがえる髪束だ。

小冊子とアジビラの嵐だ。

作品中で描かれる自然もまた、時代の不吉なしるしを帯びている。

摂氏三度。
身震いする大地。
樹々の根元に霰(あられ)を叩きつける。
雹(ひょう)を含んだ風のなかで
錫色(すずいろ)に光を放ちながら、
木の葉は、粘液を嫌って
憎悪に震えている。
木の葉と枝々のむき出しの憎しみは
まっ赤に燃え立つ。
いいんだ。地面へ。両手を広げておくんだ。
準備万端。はじまりだ。

叙事詩にあっても、抒情詩と同じように、自然は全体を写し取る。パステルナークにとって自然は、いかなる状況下でも人々の感情や社会の動きと別物ではあり得ない。高まる緊張感やふくれ上がる憎悪をあますところなく伝え、運命の銃声を導くのにふさわしい序曲を奏でるのである。そして、反乱の引き金となった事件が直截に語られる。不穏分子は虫けらのように殺してしまえばいいのだという提督と艦長の会話が水兵たちの耳に入り、二人は撃たれる。

八歩ほどのところで、
軍艦旗さながら、リボンをはためかした
水兵の一露里も続く顎また顎。
歩く二人を眼差しで喰らい尽くす。
見よ、冗談めかした二人の会話が
隊列の耳にまで達したその瞬間、
不意をうつ、ねらい定めた銃声二発
鳴り響いた。

こうして起きた発砲事件が、またたくまに反乱となるまでが一部、シュミットが反乱に巻き込まれ、指揮をとる決意をし、乱が鎮圧されるまでが二部、シュミット以下、首謀者が逮捕されて幽閉されたのち、処刑されるまでが三部である。独特の自然描写、事実を伝える乾いた詩句、さらには「闘争は、闘争の、闘争のため、闘争によって／プロレタリアート、プロレタリアート」というようなアジビラの文句。内容と形式が一致したそれぞれの詩句が綾を成して叙事詩を織り上げている。

もう一つの物語

作品のなかには、セワストーポリの乱のほかに、もう一つの物語が語られている。それはシュミットの恋愛であり、しかも、秘密の恋愛である。

反乱の起きる少し前、主人公は一人の婦人に出会い、強く惹かれるが、名前もわからぬまま、その姿を見失ってしまう。しかし、思いがけず二人は再会し、恋が始まる。「何人も計(はか)れないこと／まさか再びお目にかかれるとは／信ずればどんなことでも、と／あなたはひたすら思いをこらした」の詩句は、パステルナークの迷信深さや神秘主義的傾向を物語っている。つまり、偶然、再会したために恋が始まったのではなく、再会は互いの魂が呼び合ったからこそ実現したもの、定められた出来事だというのである。私生活においても、作品においても、詩人のこのような恋愛観は終生、変わることがなかった。

秘密の恋は手紙を通して燃え上がり、主人公は家を捨てて恋人のいるペテルブルグへ行こうとする。ちょうどこの時、水兵による発砲事件が起きるのである。反乱を知らせに来た友人に、主人公は言う。

『ペテルブルグへ行くつもりだ。
説得しても無駄だよ。決心したんだ』

しかし、結局は運命的な恋も、別の大きな運命、すなわち「セワストーポリの乱」に呑み込まれてしまう。この辺(あた)りが、一九二七年のパステルナークである。何もかも捨てて、ラーラとの恋を選ぶ『ドクトル・ジバゴ』との明確な対比が興味深い。

巡洋艦上に信号が上がった
われ　艦隊を指揮す　シュミット

同じ章のなかで二度繰り返され、太文字で記されたこの詩行は読者の目を射る。ペテルブルグ行きを断念して反乱の指揮をとる決心をし、「われ　艦隊を指揮す」の信号を上げるまでは、きわめて速いテンポで進み、心を変える経緯が語られないため、読者は恋を捨てた主人公の心を窺い知ることができない。だが、反乱の様子が描かれた第二部七章のなかに、ひっそりと次のような詩行が見られる。

だが、見よ、鋼鉄の鑢(やすり)をかけるように

水を切って進みながら、
彼が見ていたのは、湾に集う群集ではなく、
はるかなるペテルブルグ。

主人公は何の葛藤もなく、鉄の意志をもって反乱の道を突き進んでいったのではなかった。艦隊を指揮する緊張のさなかにも、別の思いで心は乱れていたのである。
人の心とは、このようなものではないのか。正義のため、信念のために恋を捨て、命を投げ出す美談に酔う人々に、パステルナークは静かにこう、訴える。

『スペクトルスキー』

韻文と散文

韻文小説『スペクトルスキー』(一九三一年)は一九二四年に着手された。その翌年と翌々年に書き始められた叙事詩『一九〇五年』や『シュミット大尉』が、いわば一気呵成に書き上げられたのに比べると、量的にかなり多いとはいえ、いかにも遅々とした筆の進みで、中断もあり、完成まで約七年の歳月を要した。中断の原因は叙事詩の創作、一九二八年から三〇年前半にかけて文学界の雰囲気の悪化を受けて創作意欲が著しく減退したこと、それと、短編小説『物語』によるものである。ところが、『物語』の執筆は中断ではなく、『スペクトルスキ

ー』創作における流れの一つだと作者は言うのである。

『スペクトルスキー』における第一次大戦と革命の時代に起こる筋の部分を私は散文にゆだねました。この部分で何より必要かつ意味のある人物の形成や特徴付けが、詩によっては表せないからです。そういう訳で、最近、散文にとりかかったのです。いままで発表された『スペクトルスキー』の直接の続きであり、詩による結末へと向かう準備の部分でありながら、独立して散文集に収められるように書いています。韻文小説の部分は韻文小説の内容で構成されるのですから。散文は散文で独立した形にするのです。これを終えたら、『スペクトルスキー』の結末の章にとりかかります。

（「文学哨所」誌）

たしかに、二つの作品には明らかな連続性があるのだが、『スペクトルスキー』の空白部分になる一九一三年から一九一九年までを『物語』がそっくり補っている訳ではない。『物語』には一九一四年夏について回想する一九一六年の冬の一日が綴られているのみである。第一次大戦と革命の時代をカバーするという作者の言葉は文字通りには実現されなかったわけである。

それにもかかわらず、引用文が興味深いのは、韻文と散文について言及されている点である。創作活動のはじめから、韻文、散文の両方に関わってきたパステルナークが二つの形式をどのように考えてきたのか。まず第一に、韻文と散文の表現できる領域は違うという。「詩では表せない」という以上、散文では表せないこともあるわけで、そのうえで両者は補い合うとしている。『物語』は『スペクトルスキー』の七章までの内容を受け、『スペクトルスキー』の八、九章は『物語』の結末にもなっている。二つの作品は独立していながら、同じ文脈に存在している。

ここで、パステルナークの読者であれば、長編小説『ドクトル・ジバゴ』における散文と詩の関係を思い浮かべるであろう。『物語』が詩では表現できないものを表したなら、「ドクトル・ジバゴの詩篇」は散文で表現しきれないことをあざやかに描き出した。この作品の中ではじめて、詩と散文は見事に融合したといえるが、すでに一九二〇年代の終わりに、二つのジャンルは何らかの形で補い合えるという視点に詩人は立ち、作品の上で実践したのである。

物語の迷路

『スペクトルスキー』は難解だとよくいわれるが、その原因の一つは、背景となる時（とき）が前後するせいであろう。ある時点から、過去を振り返って話を始める手法は、目新しいものではない。しかし、『スペクトルスキー』では、時間と時間、人物と人物を結ぶ線が特に見えにくくなっている。

例えば、序章で無名の人スペクトルスキーと亡命した女流詩人マリア＝イリイーナの物語を始めようと予告されていながら、続く一章では二人の気配すらしない。ここに登場する旅仕度の女性が主人公を訪ねてきた彼の姉だと判明するのは、ようやく三章になってからである。一章と三章は連続した話であるのに、一章の終わりの「物語を一年だけ戻しておこう」という唐突な詩句によって、連続性は破られてしまう。しかも、一章と二章は、一見、何の繋がりもない。二章で主人公スペクトルスキーがようやく登場するものの、彼が秘かに思いを寄せるのは、序章で約束されたマリアではなく、オリガという女性である。主人公はモスクワ郊外の別荘で仲間たちと一緒に新年を迎える。オリガは四人いる女性のうちの一人という設定である。一章で時間が明かされていないため、二章の新年も当然、一章の一年前としかわからない。三章の詩句「一九一三年の春」によって初めて、物語の始まりの時がわかるのである。

しかし作者はむやみに謎を撒き散らしているのではない。ときには後戻りしながら、注意深く読み進んでいくと、登場人物と一つ一つの出来事は周到に用意されて、物語の筋に結びつけられているのがわかる。いわば読書の醍醐味が味わえるのだが、読者はしばらくの間、霧の中に放り出されたような不安に耐えなくてはならない。パステルナークが文学関係者に圧倒的な影響を与え、評価されながら、一部の作品を除いて多数の読者を獲得しえない所以であろう。

スペクトルスキーのなかのボリス　小説『空路』や叙事詩『一九〇五年』、『シュミット大尉』では社会的現象に目をむけてきたパステルナークが二〇年代の終わりに選んだ主人公は、あえて世の流れにはのらないタイプである。姉ナターシャはそのことで弟をせめる。

何で私がおこっているか、ですって。

つめるから、もっと楽に座りなさいよ。
いいこと、あなたは若いのよ、これはプラス。
それなのに世代と断絶している、これはマイナスよ。
理想を求めようとしないのが、私には恥かしいのよ。
あなたはどっちの陣営に入ってるの。……

非合法のデモにも積極的に参加する姉と、埃だらけの散らかった部屋で暮らし、政治に関心を示さない弟。ソヴェト時代の望ましい青年像からもっともかけ離れた青年を作者は主人公に設定したのである。その主人公はある家の家庭教師をしている。さらに、次のような詩句が彼の内面を解き明かす。

彼もまた大きな謎だった。
法学の学位を持った世間知らず、
自信過剰の傭(やと)われ人でカメレオンの無節操、
踏みにじられたよき日々のかけら

苦しみに疲れて輝きを失った魂、

このスペクトルスキーの姿は、音楽で挫折し、哲学の学位を持ちながら哲学を放棄し、家庭教師をして何とか暮らしていた一九一三年の青年ボリスと酷似している。自伝的なエッセイ『安全通行証』（一九三一年）や、『人々と状況』においてさえ、失意にあった一九一三年の心境については語りたがらない詩人であるが、虚構の世界を通して、こんなふうに己の心の歴史をつまびらかにしているのである。

マリア

序章で約束されたマリアが物語に現れるのは五章であるが、例によって、名は隠されていて、六章で姓「イリイーナ」とノートに詩が綴られていた事実が明かされ、七章で「マリア」という名がでてきて、序章の女流詩人マリア＝イリイーナと五章に登場するバルツ家の婚約者マリアとがようやく繋がる。そして、バルツ家の家庭教師スペクトルスキーとマリアは、禁断の恋に陥る。

……逢引きは、ときをおかず
重ねられた。昼間以外にも。会うべきときでないときも。
彼は通い始めた、雨のときも、空が白み始めるとすぐに。

夢の中で、約束にはないときも。

拒まれるはずはなかった。
逢引きの場所は、鳥たちの囀（さえず）りの中、
どしゃ降りの雨の中、みざくらの咲き乱れ、雷鳴の轟（とどろ）く中、
二人の生命が一緒になれるところならどこでも。

結婚前のセルゲイ・エフローンと
マリーナ・ツヴェターエワ（1911年）

やがて二人は一線を越える。自然の情景を描写することで恋人たちの風景をも表現するのは詩人の常套であるが、いつもながら、のびやかで美しい。

枝たちは大きく息をしていた。眠たげな細
　枝をのばし、ぶつかり合い、動いた、
灰色の水銀の雫のなかで地面に倒れかかっ
　た、
輝いて、大地からすこし身を起こした。

しかし、この恋は、ふとした行き違いから終わってしまう。

このマリアの原型は女流詩人マリーナ＝ツヴェターエワだといわれている。詩人であること、内戦中亡命したこと、父親が大学教授であることなど、ツヴェターエワを思わせる特徴をマリアはたしかに持っている。しかし、パステルナークとツヴェターエワの恋は、スペクトルスキーとマリアの恋とは全く違っていた。それは、文通という特殊な形で発展し、ドイツの詩人リルケとの三角関係を経て、プラトニックなまま、終わったのである（第三章参照）。不完全燃焼だった激しい恋心を、詩人は作品のなかで燃やしてみせたかったのかも知れない。

革命家の影

主人公が「革命」の力の字も語らず、いっさいの政治思想と無縁であっても、『スペクトルスキー』から立ち昇ってくるのは、強烈な時代の匂いである。

第五章の終わり、進歩派のバルツ家のサロンの客として二人の兄弟がやってくる。彼らは「両極端ではあるが、よく似ている」というが、具体的にどのような思想の持ち主であるかは語られない。「モーフ」とか「レーメフ」とか、とスペクトルスキーは名前さえ聞き逃してしまう。それきり、六章にも七章にも姿を見せないのが、七章の続篇たる小説『物語』に再び登場する。そこで兄弟の名が「レーモフ」であり、兄が技師であり革命家、弟は第一次大戦に参戦中のロシアの志願兵であることがわかる。

レーモフ兄弟の物語は、『スペクトルスキー』の最終章で結末を迎える。革命を境に兄はボリシェヴィキ、弟は臨時政府側と、敵味方に分かれ、兄は弟のために命をおとすのである。非政治的な若者スペクトルスキーのごく身近にいた政治的な兄弟。その兄弟の運命を決したのが、思想信条ではなく、肉親の情であったところがよい。『シュミット大尉』のシュミットと同様、作者は革命的思想を持った人間を個人的側面から捕えようとしているのである。

レーモフ兄の死は、少なからぬ衝撃を与えるが、そのさらにあと、最後の最後にどんでん返しともいうべき事態が起こる。

「お針子」、「学生」、「転向した社会革命党員」など、さまざまな人々のひしめき合う共同アパートに立ち寄った主人公は、そこに住む共産党員の兄を訪ねてきた女性に突然、声をかけられる。

スペクトルスキー、私たちは友だちでしたね。

彼女は、一九一二年の新年の休暇を共に過したオリガであった。しかし、楚々としたイメージを与えたあのオリガとは別人のようで、いまでは、ふとした拍子に小銃を抜くような女性である。彼女の言葉から、謎が解かれる。

私は『人民の意志』派の娘、

あのころ、それがわからなかったのですか。

一八八一年、皇帝アレクサンドル二世を暗殺し、その後、弾圧を受けて潰滅したはずの急進的なテロ組織「人民の意志」派。彼女はその流れをくむ活動家だったのである。人の胸を衝くような設定だが、二章において、オリガもスペクトルスキーを憎からず思っていることが暗示されながら、二人の愛が立ち消えたことにこれで得心がゆく。女は男の愛を受け入れるわけにはいかなかったのである。

七年の歳月を経て、愛国主義の化身のようになったオリガと思想を持たないスペクトルスキーは対立する。しかし、対立の結末はまたもや、意表を衝くものだ。この場面は別室に退いた語り手たる「わたし」によって進められているのだが、二人の言い合いを聞いている途中で「わたし」は眠ってしまい、その間に二人は消えてしまうのである。

韻文小説『スペクトルスキー』はつぎのような詩句で幕をおろす。

わたしが眠っている間に、二人は消えてしまっていた。

二人の間に何が起こったのか。対立していたはずの二人が共に消えたのである。パステルナークはこの一行によって、あえて書かなかった男と女の複雑な感情の流れを充分に説明しているのである。

『スペクトルスキー』について、「一九一〇年代をどう生き、どう感じたかを個人の目から描きたかった」（『愛と詩の手紙』）と詩人は書いている。作品の最後の頁を閉じるとき、読者は一九一〇年代のロシア・ソヴェトとそこに生きた若者たちの息づかいを感じるだろう。この韻文小説をもって、パステルナークは再び個人の世界に戻っていくことになる。

V　大粛清の時代へ

マヤコフスキー

変　貌

一〇月革命以来、マヤコフスキーは首尾一貫して、ボリシェヴィキ政府を支持してきた。レーニンの呼びかけに応じて、革命直後の冬宮に駆けつけ、内戦時代はタス通信の前身となった「ロスタの窓」を通して反革命と戦い、アジプロ列車に乗ってロシア全土を駆けめぐった。

マヤコフスキーの詩を愛していたパステルナークは政治的になってゆく友人を悲しんだ。しかし、革命の詩人と政府の歩調がぴたりと合っていたのは僅かの間だった。革命の先頭にいたはずの前衛芸術が民衆に理解されにくいと非難され、未来主義か国家への忠誠か、いずれかを選ぶことになったとき、マヤコフスキーは未来主義を捨てた。叙事詩『一五〇〇〇〇〇〇〇』をはじめとして、革命を讃美する詩、社会主義を謳歌する平板な詩を次々と送り出し、国民的な詩人となった。

この頃のマヤコフスキーを痛烈に批判しているのは、ソヴェトが生んだ世界的作曲家D＝ショスタコーヴィチである。未来主義時代の詩『背骨のフルート』や『ズボンをはいた雲』を熱愛していた若き作曲家は、一九二九年、崇拝する詩人に会う機会を得て、胸を躍らせた。しかし、彼が会ったマヤコフスキーは、詩の中ではソヴェト製品の素晴しさを熱心に歌い上げていながら、頭のてっぺんから爪の先まで高価な外国製品で身を固め、作品の内容より稿料を気にかけ、音楽をまるで理解しない俗悪きわまりない男だったという。（S＝ヴォルコフ『ショスタコーヴィチの証言』水野忠夫訳・中央公論社）

たしかに、マヤコフスキーの生き方は誠実とは言えない。かつて黄色い背広で「ブルジョワども」の度肝を抜いた若者に、いったい何が起こったのだろうか。虚飾を憎み、真実を求め、反逆の化身のようだったマヤコフスキーがフランス製のワイシャツに血まなこになる姿は痛々しく、荒涼たる心の砂漠が思いやられる。しかも、矛盾はそれだけではなかった。

パステルナークの叙事詩が多くの層に受け入れられ、プロレタリアの批評家からも好評を得たことはすでに述べた通りである。マヤコフスキーも歓迎し、作品を「レフ」誌に掲載した。だが、これは表向きの姿勢にすぎなかったのである。パステルナークのエッセイ『人々と状況』によると、マヤコフスキーは二つの叙事詩『一九〇五年』と『シュミット大尉』が嫌いだったという。パステルナークが叙事詩に手を染めたのは誤りだと断定し、好きなのは、プロレタリア批評家にブルジョワ的だと非難された詩集『わが妹人生』だと打ち明けていたのである。
実生活でも詩の上でも、深刻な矛盾を抱えていたわけである。

自　殺

一九二八年以降、ロシア・プロレタリア作家協会ラップの作家への攻撃が激化するなかで、マヤコフスキーは同伴者作家を擁護した。また、革命が風化していくことに警鐘を鳴らし、党が官僚主義に陥るのを批判した。しかし、ラップの背後に党の存在を感じたとき、彼は屈した。一九二九年、突然、論争の相手だったラップに加入したのである。

芸術家としての自己のいっさいを否定してしまおうとしたのだろうか。革命によって生まれた国家にたいする盲愛が他のすべてに勝ったのだろうか。

マヤコフスキーはかつての仲間のなかで孤立した。ラップの作家たちも、昨日までの敵を容易に受け入れてはくれなかった。忠誠を捧げた国家は、秋、パリに住む恋人タチアナに会いに行こうとした詩人に渡航許可を出さなかった。自他共に認める国民的詩人にとっては、屈辱的な仕打ちである。そして、何よりも、抒情詩人としての自己を抹殺しきることは、不可能だったのであろう。一九三〇年四月、抒情詩「声をかぎりに」と一通の遺書を残して、ウラジーミル＝マヤコフスキーはピストル自殺した。享年三十八歳であった。

パステルナークは、マヤコフスキーの自殺に人間としての誠実の証しを認め、遺作「声をかぎりに」に、詩人の復活を見た。当時、書き進められていたエッセイ『完全通行証』の多くの頁はマヤコフスキーにさかれている。また彼の死をうたった詩「詩人の死」は第四詩集『第二の誕生』の中核を成す詩となった。

新しい愛

忘れられない顔

モスクワ在住の哲学者アスムスと妻イリーナ、友人のネイガウスは、一九二九年に出版された第二詩集『障壁を越えて』を読んで以来、パステルナークの熱烈な信奉者となった。ロシアの芸術家や知識人のあいだでよく行われたように、アスムス家やネイガウス家では、夜通し、詩の朗読が行われた。

ネイガウスはソヴェト音楽史に残る天才ピアニストで、一九二九年、キエフ音楽院からモスクワ音楽院の教授となった。妻ジナイーダと幼い二人の息子がいた。

当時、パステルナークの顔は新聞や雑誌でよく見うけられた。馬のように長い顔、独特の厚ぼったい唇、はすかいに大きく見開かれた目。一度、見たら決して忘れられない顔である。一九二九年のある日、イリーナ＝アスムスは市電の停留所で偶然、パステルナークと居合わせた。すぐに大好きな詩人であるとわかったイリーナは、近付いて自己紹介し、その場で自宅に招待した。

こうして、パステルナークとアスムス、ネイガウスとの家族ぐるみの付き合いが始まった。彼らはパステルナークの詩を愛しただけではなく、生涯の友となり、詩人を支えた。いっぽう、音楽をこよなく愛していた詩人はネイガウスのピアノに夢中になり、イタリア人の血をひく美貌の妻ジナイーダに関心を持った。

詩にはさほど興味がなかったというジナイーダだが、パステルナークその人からは強い印象を受けた。「彼が素晴しい演奏家で、作曲家でもあることもわかった」「瞳は光を放ち、全身がインスピレーションで燃えたっていた」と後に述べている（ジナイーダ＝パステルナーク『パステルナーク回想』）。詩人の一家と親しかったＹ＝クロトコフはジナイーダから次のような話を聞いた。パステルナークのアパートにアスムス夫妻やネイガウス夫妻が集って、朗読会が行われた晩のことである。

パステルナークは自分の詩を朗読したあと、私に気に入ったかと尋ねました。よく理解できないと答えました。彼は笑い出し、今度はあなたのためだけに作りましょう、と言ったのです。彼の妻の視線を浴びて、きまりの悪い思いでした。（『パステルナーク家の人々』「グラーニ」誌）

パステルナーク夫妻の不和は続いていた。エヴゲーニャは、一九二九年の母親の死から立ち直れず憂鬱な日々を送っていた。またしても妻を気遣わねばならなかった夫の中には、危険な愛が芽生えていたのである。

イルペニ

アスムス夫妻、ネイガウス夫妻と子供、そしてパステルナーク兄弟とその家族は、一九三〇年の夏をキエフ郊外のイルペニで過すことにして、それぞれが別荘を借りた。パステルナークが初めてネイガウスの別荘を訪れたとき、ジナイーダは裸足でベランダを洗っていた。自分の妻が掃除をする姿などついぞ見たことのない男は、しばらく、うっとりと眺め、やがて近付いて言った。

――あなたの写真を撮って外国にいる両親に送れないのがとても残念だなあ。父は画家ですが、あなたの姿を見たらどんなに感激するだろう。(『パステルナーク回想』)

活動的で、枯れ枝集めに森に入るのを好んだジナイーダは、森でよくパステルナークに出くわすようになった。詩人もまた森を愛し、日常の生活を愛した。天才ピアニストの夫ネイガウスが家事に疎いのを当然のこととして受け入れてきた妻は、偉大な詩人が家事に明るく、いろいろな事をうまくこなすのに驚いた。

イルペニを訪れていた詩人の義理の弟ヴィリモントは森で二人を目撃している。

彼らが井戸辺にいるのに出くわしました。ジナイーダは鉤(かぎ)つきの竿をもって、落としたバケツを拾おうと、たえまなく水をかき回していましたが、その目は、何ごとかを熱っぽく話しかけているボリスにひたと注がれていました。パステルナークの顔に若々しい幸せそうな微笑が浮かんでいるのは、誰の目にも明らかでした。相手が当惑しているのもほとんど気にかけていないようでした。

（N＝ヴィリモント『パステルナークの思い出』）


イルペニで、詩人は「ネイガウスに」という献辞がつけられた詩「バラード」とジナイーダ＝ネイガウスに捧げた詩「第二のバラード」を書き上げた。

パステルナーク四十歳、ジナイーダ三十四歳の夏である。

禁断の愛

秋が近づき、両家族モスクワへ帰ることになった。夜行列車の通路でボリスにつかまったジナイーダは、相手の熱をさまそうとして自分の過去を打ち明けた。十五歳のとき年上の従兄と関係を持ったという話は、詩人に大きな衝撃を与え、のちに『ドクトル・ジバゴ』の女主人公の挿話として現れることになる。

ジナイーダの思惑ははずれ、詩人は彼女にいっそう惹きつけられていき、ついにネイガウスと自分の妻にジナイーダへの愛を打ち明ける。友情にはひびが入り、妻エヴゲーニャは深く傷ついた。彼女がただちに別居を申し入れたため、パステルナークは家を出て、友人のアパートを転々とすることになった。

マヤコフスキーの死以来、ソヴェトを代表する詩人としてのパステルナークの評価はますます高まっていたが、党の圧力が強まって来たことも事実だった。「ぼくの作品の再版は、検閲でずたずたにされています。かつてぼくに対して無関心だったのを取り戻すかのように、まだ印刷されていない原稿に過剰な注意が注がれているのです」と従妹への手紙に書かれている。

文学においても、私生活においても辛い時期が続いた。

その年、一九三〇年の暮れ、別居中の妻がドイツで静養することになり、パステルナークも一時、国外に出ようとしたが、渡航許可が降りなかった。妻と息子だけ旅立ち、詩人は残ったのである。ジナイーダがいてもいなくても、妻との関係は修復不可能で、結局、別れることになると詩人は語ったというが、もし、この時、渡航許可が降りていたら、事態は違った方向に向かったかも知れない。少なくとも、運命論者のボリスがこれを暗示的に受けとめたのは事実である。妻の出立前に書かれた詩「取り乱してはいけない」は、次のように始まる。

取り乱してはいけない、泣かないで、
使い果たした努力をなおも求めないで、こころ苦しめないでくれ、きみは生きている、ぼくのなかにいる、胸のなかにいる。
支えとして、友として、幾多のできごととして

暫くのあいだにせよ、妻への気遣いから解放される安堵感からか、詩は楽観的な見通しで終わっている。

さようなら、さようなら。ぼくらの結びつき、
ぼくらの名誉は一つ屋根の下にあるのではない。木の芽のように、明るい場所でまっすぐに伸び
ていきながら、
きみは、すべてを別様に見直すだろう。

しかし、これはあまりに勝手な推測であった。

詩の女神

妻が発ったあと、演奏旅行で主人が不在のネイガウス家を詩人は足繁く訪れるように
なった。ジナイーダは、最早、彼を拒みきれなかった。演奏旅行中のネイガウスの元
に妻から事実を伝える手紙が届いた。夫はこの打撃に耐えられなかった。演奏途中でピアノの蓋を
閉め、泣き出したのである。そのあとの予定はすべてキャンセルされた。高名な詩人と天才ピアニ
ストの妻の恋愛、そして、そのことでネイガウスの演奏家生命が危くなっていることは世間に知れ
渡り、詩人とジナイーダにごうごうたる非難が浴びせかけられた。
しかし、スキャンダルの渦中でパステルナークには詩的高揚が訪れる。

人を愛することは重い十字架だ、
でも、きみは完璧なまでに美しく、

その魅力の秘密は
人生の謎をも解く。

（「他の女性を愛するのなら」）

日常生活のなかにこそ真の芸術が存在すると確信していた詩人にとって、「ピアノから大鍋小鍋へと」（『パステルナーク回想』）軽やかに飛び移ることのできるジナイーダは、まさに詩の女神だった。詩「ぼくの麗しの人よ」では、女性の形象と詩が一体となっている。

ぼくの麗しの人よ、きみのすべて、
きみの本質が、ぼくの心にかなっている。
全身が音楽となって張り裂けんばかりで、
全身が韻を踏もうとしている。

しかし、そのいっぽうでこの詩の最終連からは辛い状況がみえる。

そして、韻のなかで、愛は生きている、
韻のなかでようやく耐えている。

人々が眉をひそめ、顔をしかめる
そんな愛が。

四面楚歌のボリスとジナイーダに手を差し延べたのは、グルジア作家同盟だった。一九三一年夏、詩人は招待を受けてジナイーダと彼女の息子を連れ、旅立ち、素晴しい蜜月を過したのである。グルジア滞在はパステルナークにとって大きな収穫だった。彼は生涯に渡ってグルジアを愛し、幾度となく訪れ、「第二の故郷」と呼ぶのである。また、この時からグルジア詩の翻訳に本格的に取り組み、のちに『グルジア詩集』（一九三三年）を上梓した。多くのグルジア詩人と親交を深め、とりわけ、T＝タビゼとP＝ヤシュビリと親しくなった。不幸なことに、この二人はのちに大きな悲しみの種になるのであるが。

二人の女性の間で　パステルナークには、どんな不思議な魅力があったのだろう。ネイガウスは彼を許し、秋、グルジアから戻った妻と息子がパステルナークと共に住むことに合意したのである。しかし、エヴゲーニャのほうはそう簡単にはいかなかった。冬のはじめ、エヴゲーニャがドイツから帰国したあと、再び住む所のなくなった詩人は、ジナイーダと一緒に友人の家を転々としながら妻と話し合いを続けたが、問題は進展しなかった。

原因はパステルナークの優柔不断である。生活能力の全くない妻を一方的に捨てることに激しい良心の呵責を覚え、決着をつけることができなかった。「すべてを正すために率直に彼女と向き合おうと思っても、いざ会うと、またしても、またしても、喜ばすことが唯一の目的になってしまい、心にもないことを話すはめになる」のであった。妻には気高く振る舞い、起こったことを認めて許してくれるよう努力してきたと詩人は述べ、「厳しく冷笑的にではなく、寛大に優しくそうしてほしかった」と書いている。（『愛と詩の手紙』）

怒濤のような愛で二つの家庭を壊し、人を傷つけておきながら、「寛大に優しく」認めてほしいとは、あまりに虫がよすぎる。のちに、パステルナークは別の女性問題を起こし、その際の煮え切らない態度は女流詩人A＝アフマートワを大いに憤慨させた。猛進する愛と手前勝手な優柔不断、この二つが、いつも詩人の恋愛を形づくっているのである。

これに対し、ジナイーダは良くも悪くも決断の女性で、エヴゲーニャの元に戻るよう書き置きし、詩人の元を去ってしまう。ボリスはその言葉通り、再び妻と生活し始めるが、今度はジナイーダを失った悲しみで気が狂いそうになり、ついに自殺未遂事件を引き起こす。人騒がせで幼稚きわまりない行為だったが、これを契機に妻との正式離婚を決意したのである。こうして、一九三二年春、四年にわたった愛憎劇にようやく幕が降りた。ジナイーダと正式に結婚した詩人は住宅取得申請を出し、ジナイーダの息子二人と四人で暮らすことになり、前妻には家政婦と息子の世話係をつけた。二つの家庭の家計を負担することになったのである。

偽りのユートピア

発展の陰で

第一次五ケ年計画は予定より早く、一九三二年末に達成された。ソ連邦の重工業は急速に発展した。その頃、世界の資本主義国家は恐慌にあえいでいた。一九二九年、一〇月二九日、ニューヨーク株式市場を突然、株の大暴落が襲った。この「ブラック・マンデー」に端を発し、世界中が大恐慌に巻き込まれた。イギリス、アメリカでも工業生産量は大恐慌前の約六割まで落ち込んだ。日本も深刻な影響を受けた。一九三〇年、生糸の価格は明治二十九年以来の安値をつけ、農村と労働者の貧困は目を覆うばかりだった。政府の無策に憤った青年将校が時の犬養首相を暗殺した五・一五事件は一九三二年に起こった。丸四年続いた大恐慌は一応、一九三三年に終息したが、もともと経済基盤の弱い日本は長くその影響を引きずり、活路を求めようと、泥沼の戦争にのめり込んでいった。やはり、国力の弱かったドイツでも一九三二年、失業者は五四〇万人に達し、翌年ヴァイマール共和国の崩壊、ナチス・ドイツの誕生を許すことになる。

恐慌の影響をほとんど受けなかった唯一の国がソ連邦であった。資本主義経済の限界が囁かれ、計画経済が注目を浴びた。失業者が街に溢れる中、人々は社会主義に明るい未来を見たのである。ソ連には失業者がいない。労働者や農民を搾取する資本家や地主がいないから、皆、等しく豊かである。一九三二年当時、ソ連は世界のユートピアだった。

確かに、ソ連邦の工業生産は五年前の二倍に達した。しかし、その陰には、ノルマ達成のため休日も返上する過酷な労働があり、生活面では重工業偏重による日用品の恒常的な不足があった。また、急激な集団化のため農村は大打撃を蒙った。富農撲滅運動によって土地を追われた農民は、シベリアの辺境の地に強制移住させられる途中、すし詰めの貨車のなかで生命を落としていった。

ウラル地方は一九三二年から三三年にかけて大凶作にみまわれ、多数の餓死者を出した。無理な農業政策も手伝った、なかば人災である。パステルナークはこの頃、ウラルに出掛け、農村の悲惨な状態をつぶさに見ることになる。

ラップ解散命令

文学界もまたユートピアとは程遠い状況にあった。ロシア・プロレタリア作家協会ラップによる作家への個人攻撃は三〇年代に入って激しさを増していた。攻撃の矛先はパステルナークにも向いて来た。非難を受ける同伴者作家や罷免された雑誌編集長を擁護する態度を断固、貫いていたためである。一九三二年四月一一日、文学討論会とは名ばかりの作家をつるし上げる会で、詩人は攻撃の的になった。同席していた古くからの友人で詩人のボブロフの証言をボリスの長男エヴゲーニィが書きとめている。「パステルナークにたいする耐え難いいやがらせにすっかりまいった。愚鈍そうな男たちが次から次と登場し、ボリスに斧を振り下さんばかりの勢いだった」(『ボリス・パステルナーク』)

ラップの攻撃から詩人を救ったのは、驚くことに党であった。それまで、ラップの行動に暗黙の諒解を与えていた党が、文学の停滞の原因であるとして、突然、ラップに解散命令を出したのである。パステルナークが討論会で非難された日から、わずか一週間ほど後のことであった。

ソヴェト文学界はこの声明に湧き立った。これまで、表面的には芸術に不干渉の立場を取っていた政府が正面切って介入したことに疑問を呈する声がなかったのは、当面の僥倖が大きかったからだろう。この頃、ジナイーダとの愛を綴った第五詩集『第二の誕生』が出版され、文学新聞で好評を博したパステルナークも、ラップ解散を歓迎した一人であった。

ウラル旅行

一九三二年六月、集団農場の成果を全国にアピールするため、作家によるウラル見学旅行が組織され、パステルナークも家族と参加することになった。ウラル最大の都市スヴルドロフスクの豪華ホテルの一室が、詩人一家に与えられた。毎晩のように詩人や作家達を歓迎する会が催され、テーブルの上には贅沢な料理や酒が所狭しと並べられた。

しかし、一歩外に出れば、人々は飢え、集団移住させられる農民の列がどこまでも続いた。一切れのパンを求めて、痩せた子供を連れた母親が詩人の窓辺に訪れた。人々の悲惨な生活と作家の宴会との絶望的な差にボリスは苦しんだ。作家や詩人のために政府が金を使うときではないと再三にわたって申し入れた。こういう時のパステルナークは、いつも実に断固としている。一ケ月後、モスクワに戻ってからも、直ちに報告書をまとめて作家同盟に提出した。しかし、何の反応もなく、報告書は握りつぶされた。ソヴェト連邦は社会主義国家建設に向かって、着々と歩んでおり、政府の政策は誤りなく進んでいなくてはならなかったのである。

さらに、別の矛盾に詩人は直面した。ラップ解散以降、作家への個人攻撃はなくなり、恐怖から解放された。ところが、翌三三年、マヤコフスキーに関する叙述が適切でないとして、エッセイ『安全通行証』は発禁処分となった。同じ年、グルジア詩集の翻訳契約が正式に結ばれたが、詩を選ぶ際に明らさまな介入があった。「入れるよう強要された多くのつまらない作品のあいだに、本物の作品があります」と、従妹への献辞に書かれたほどである。

輝かしい社会主義国家建設とその犠牲、文学界における表面上の自由と過度の干渉を、詩人はどう解釈してよいかわからなかった。国民の多くは、国の方針には誤りがないが、実務を行う下級官吏がそれを歪めるのだと解釈していた。パステルナークも案外、そのように思っていたのかも知れない。

作家同盟結成

上層部にいる党員は、さすがに党の指導方針が誤りであると認めざるを得なかった。農村の荒廃と打ち続く凶作に、心ある党員は危機感を募らせたのである。スターリンの退陣を求める声も上がり、反スターリン派の人々はセルゲイ＝キーロフを新しい書記長に推していた。

文学界も活発に動き出した。スターリンの農業政策に反対して失脚したN＝ブハーリンがイズベスチヤ紙の編集長に返り咲き、文学欄に質の高い文学を掲載し始めた。ブハーリンという共産党の大物を後盾に、新しく作家同盟が結成されることになった。プロレタリア作家、同伴者作家をはじめ、すべての作家、詩人を包括する、グループを超えた全ソ的な文学者集団である。一九三四年八月一七日から開かれた第一回作家大会において、ゴーリキーを初代議長として、作家同盟は正式に発足した。

大会では活発な議論が戦わされ、パステルナークも積極的に発言した。ブハーリンをはじめ、多くの作家や詩人がパステルナークを賞讃した。A＝スルコフ一人がこの見方に反対を表明した。のちにスルコフはソヴェト文学界を牛耳る詩人兼文学官僚となり、パステルナーク批判の急先鋒となるのだが、当時目立った作品もなかった青年詩人の意見は大勢に影響を与えなかった。ボリス＝パステルナークこそ最大のソヴェト詩人であるという評価がこの大会で定着したのである。

パステルナーク研究者の多くは、作家大会直後から一九三六年頃までを、詩人と国家の蜜月時代と見ている。イスラエルのL＝フレイシュマンはその論拠の一つとして、作家大会後の父親宛の手紙を引用している（『三〇年代のパステルナーク』）。「ぼくは時代と国家の一部になりました。国家の利益はぼくの利益です」また、アメリカのG＝マラックは二度目の妻ジナイーダのスターリン贔屓が夫に影響を与えたと書いている。（『ボリス・パステルナーク』）

スターリンに対して特別な思いがあったのは明らかで、実際、詩人は党書記長の妻の葬儀にも参列したし、彼を讃美する詩も書いたのである。詩人の人生における汚点であろう。しかし、蜜月は長くは続かなかった。スターリンはやがて恐しい本性を現すのである。

キーロフ事件

一九三四年一一月末、次期書記長と目されていたキーロフが暗殺された。暗殺未遂でいったんは逮捕された男がどういう訳かすぐ釈放され、直後に再び犯行に及んだという奇妙な事件であった。この事件の真相は六〇年以上経った今日も明らかではない。が、この事件がもたらしたものは、明白である。スターリンはキーロフを中心として、中央委員会幹部で行われるはずだった大改革は不発に終わった。スターリンはみずから事件の捜査に乗り出し、その年のうちに事件に関与した疑いで、かつての最高幹部で、レーニンの死の直後、書記長の地位を守ってもらったジノヴィエフとカーメネフを逮捕した。

翌三五年、スターリンと公安警察長エジョフを中心とした公安委員会が作られ、キーロフ事件の真相が究明されることになった。この間、一九三四年を頂点としたソヴェト社会の自由な雰囲気は急速にしぼんでいったのである。ペテルブルグ大学の古典学科を率いていたパステルナークの従妹フレイデンベルグは、政治が明らさまに大学に介入し、学問の府がまたたくまに荒廃していくさまをこう記している。

一九三四年一月一四日付けの大学新聞の社説には、太字で次のように書かれていた。「一人一人が心に隠し持っていることを知ろう」

デマ、中傷、学生たちの主導権争い、党の押しつけ政策の時代が始まった。党書記のＩ＝スニトコフスカヤは党が私を信用していると明言し、労働者階級の子弟の点数を上げるために知識階級出身の学生の点を下げるよう要請した。（略）

大学内の空気の「重苦しさ」は耐えがたいものになっていった。一部の学生はいざこざを起こし、密告し、こっそりとデマを流し、苦情を言い、人を非難することでありもしない状況を作り出していった。

（『愛と詩の手紙』）

フレイデンベルグ教授は卑劣な点数操作を拒否した。その結果、今日、高い評価を得ている彼女の研究は発表の場を失った。

密告を奨励して、摘発をすすめてゆくやり方は、その後、大学だけでなくすべての職場や機関に及び、人々の心をむしばんでいくことになる。

大粛清の始まり

キーロフ暗殺は既に国外追放となっていたトロツキーがナチス・ドイツと手を結んだ国家的大陰謀である、という荒唐無稽な結論が公安委員会から出された。一九三六年から裁判が始まった。逮捕されていたジノヴィエフ、カーメネフが有罪となり処刑された他、トロツキーに近かったものがつぎつぎと逮捕され、シベリアに送られたり、処刑されたりした。

芸術の世界では、一九三六年、フォルマリズム批判のキャンペーンが始まった。わかりにくいもの、ソヴェト社会をわずかでも批判していると受け取れるものは、すべて「形式主義（フォルマリズム）」の名のもとに断罪された。ショスタコーヴィチの音楽、メイエルホリドの演劇、シクロフスキーの詩論、ピリニャークやレオーノフの散文、多くの良質な芸術が批判され、芸術家への苛烈な個人攻撃が行われた。当初パステルナークは非難されていなかったが、フォルマリズム批判に反対の立場をとり、攻撃を受けている作家たちと親交を保ったため、やがて非難を受けるようになった。父親への手紙にはこうある。

ショスタコーヴィチ（左）とメイエルホリド

「ぼくに対する攻撃はこんな風に行われました。作家同盟の差し金で、知り合い（良識があり、なかにはとても親しい人も）が次から次にやって来て、健康状態を尋ねるのです。でも、誰も信じたくはないでしょうが、ぼくは気分が良いのです、よく眠り、仕事もしています。このことがまた、抵抗と見られるわけです」

作家同盟の発行する「文学新聞」にパステルナークは個人主義であるという悪意にみちた記事が載り、いよいよ攻撃は激しさを増していった。

この年一九三六年、モスクワ郊外のペレデルキノに作家村が作られ、詩人にも一軒の別荘が割り当てられた。電話

文壇から疎外されるパステルナーク
（1937年5月5日号の「文学新聞」より）

もなく、新聞もなく、郵便物も滞りがちな森のなかの家が、新しい住いになった。厳冬の間以外、通常、パステルナークはここで暮らし、用のときだけ市内のアパートに出向いた。学齢期の息子を抱えた妻ジナイーダは、モスクワとペレデルキノを往復した。ペレデルキノの家を中心にしたライフ・スタイルは死ぬまで続けられた。

トゥハチェフスキー事件

逮捕は党員にとどまらなかった。最早、トロツキーとは無関係の人々も、国家にたいする反逆者の汚名を着せられ、逮捕、投獄、処刑された。フォルマリズム批判キャンペーンに続いて、芸術家の逮捕が始まり、一九三六年、作家村でパステルナークの隣に住み、古くからの友人でもあった作家のピリニャークが逮捕され、戻らなかった。三七年には、グルジアから恐しい知らせが届いた。親しかった詩人ヤシュビリがピストル自殺を遂げ、一〇月には、同じく詩人のタビゼが逮捕されたのである。タビゼもまた、戻らなかった。

赤軍の英雄たちも無傷ではいられなかった。一九三七年、最高指揮官トゥハチェフスキーら、主だった将軍が逮捕された。このとき、作家たちは何と死刑嘆願書を作成し、署名を集めた。文学者が軍人の裁判に介入する、しかも、助命ではなく死刑の嘆願書を提出する、この異常な出来事にも誰も驚かなかった。人の心は、すでに恐怖で凍りついていたのである。そんなある日、ペレデルキノの家の前に自動車が止まり、見知らぬ男が出てきた。トゥハチェフスキー、ヤキル、エイゼマンら将軍たちの死刑嘆願書への署名を求めに来たのだった。妻のジナイーダはつぎのように回想している。

生まれて始めて、ボリスが激昂するのを見た。罪のない訪問者を、ほとんど階段から突きおとさんばかりの勢いで、彼は叫んだ。

「署名するには、彼らを知っていて、彼らがやったことも知らなくちゃならない。でも僕は、何にも知らないんだ。僕に生殺与奪の権利なんかあるものか。人の生命は国家に属するにしても、一部の人間のものじゃない。ねえ、きみ、これは劇場に再入場するときにチケットに署名するのとは、わけが違うんだ、ぼくは絶対、署名しないぞ」

（『パステルナーク回想』）

ペレデルキノに移り住む

詩人の妻は妊娠していた。恐怖にかられて、生まれてくる子供のために署名してと頼んだが、激しく言い返された。「本当の僕ではなく、別の考えを持った人間の子供ならいらない、死んでも仕方ない」

逮捕者の家の扉は真夜中に叩かれるのだった。ジナイーダはいよいよ、夫の番と覚悟して、荷物をまとめた。傍らで、詩人は安らかな寝息をたてていた。その夜は無事に過ぎた。天才詩人をかばおうとした誰かが代わりに署名し、難を逃れたのだった。

同じ頃、一九三四年の第一回作家大会でパステルナークを絶賛した共産党中央委員のブハーリンが逮捕され、翌三八年処刑された。党の中央委員及びその候補者一三九人中、九八人が逮捕、処刑されていったのである。

・

果てしない恐怖の時代

詩人への非難は激しさを増し、作品は発表の場を失い、詩人自身まったく書けなくなった。シェークスピア、バイロン、ヴェルレーヌなどの翻訳収入でかろうじて生活を支えていた。一九三八年一月、レオニードが誕生した。ボリスにとっては二男、ジナイーダにとっては三男である。両親の住むドイツではナチズムの隆盛とともにユダヤ人弾圧が始まり、ソ連への帰国を打診する父からの手紙が届くが、到底、賛成できなかった。その後、両親と二人の妹の家族はイギリスへ渡った。

一九三四年に逮捕され、一旦、釈放された詩人マンデリシュタームは三七年、再逮捕され、翌年、流刑地シベリアで死亡した。ペレデルキノの作家村だけでも逮捕者は二〇名を越えた。明確な態度を取り続け、ユダヤ人でもあったパステルナークが逮捕されなかったのは奇跡に近い。これについては、グルジア出身のスターリンがパステルナーク訳のグルジア詩集を愛読していたためとも言われるが、本当の理由はわからない。

詩人の従兄A＝フレイデンベルグは平凡な一市民にすぎなかったが、タイプライターと双眼鏡を持っていただけでスパイ罪に問われ、流刑地で命を落とした。このような例は枚挙にいとまがなく、一般市民を巻き込んだ粛清の犠牲者は数百万人に及んだと言われている。一九三八年には、大粛清の責任者エジョフが行き過ぎを問われて逮捕されるという、グロテスクな事件も起きたが、恐怖は終わらなかった。エジョフが真の責任者ではないことが判明しただけである。

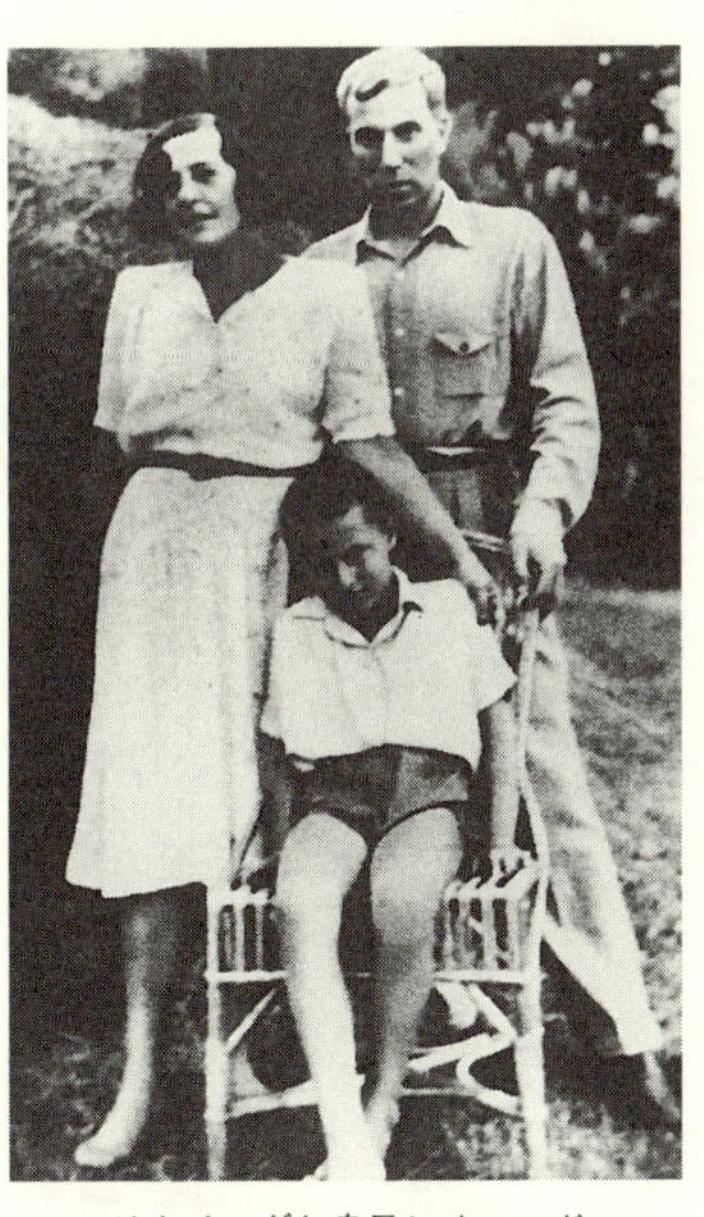
ジナイーダと息子レオニード

一九三九年六月、独創的な活動を続けていたモスクワ芸術座の演出家メイエルホリドが逮捕され、その妻が自宅で何者かに惨殺された。陰惨な事件はパステルナークに強い衝撃を与えた。折りしもメイエルホリドの依頼で『ハムレット』を翻訳中だったのである。自宅の庭で鍬をふるい、喫煙の習慣を断って翻訳に打ち込み、何とか精神の均衡を保った。一九四〇年二月、翻訳は完成し、予想に反して上演許可がおりた。詩人の翻訳は評価が高いが、ことにこの『ハムレット』はイギリスでも評判になった名訳で、現在、ロシアで上演される『ハムレット』もパステルナーク訳がよく使われる。

この年、詩人同様、作品発表の場を奪われていた作家M＝ブルガーコフが貧困と失明のなか病死した。発表のあてなく書き続けられた長編『巨匠とマルガリータ』（一九六六年に出版された）は、二〇世紀を代表する傑作である。

同じ年、歴史的人物がもう一人、命を落とした。スターリンは旧敵トロツキーの生存を許さなかった。ロシアから遠くメキシコにまでスパイを送り、八月二〇日、ついにその息の根を止めたのである。

Ⅵ　『第二の誕生』と『安全通行証』

再び抒情詩へ

詩集の誕生

第五詩集『第二の誕生』は、一九三〇、三一年に書かれ、「赤い処女地」誌、「新世界」誌などに発表された二七篇の詩をまとめたもので、一九三二年に出版された。第四詩集『主題と変奏』から数えて十年ぶりの抒情詩集である。『一九〇五年』、『シュミット大尉』の二つの叙事詩を書き終えた後、その前から着手していた韻文小説『スペクトルスキー』を進めようとしたが、うまくいかず、一九二九年から三〇年にかけて、深刻な創作の危機にみまわれた。「何かしら終わりの感覚が絶えずぼくを苦しめるのです」「作品は過去につきあたってしまい、ぼくにはそれをそこから動かす力がありません」とフレイデンベルグに訴えている。(『愛と詩の手紙』)

創作上の行きづまりから詩人を動かしたのはジナイーダ＝ネイガウスとの恋愛である。一九三〇年夏、ネイガウス家、アスムス家らと一緒に過したキエフ郊外のイルペニで創作意欲が復活したことが、同じフレイデンベルグへの手紙に書かれている。「この夏はすてきでした」「きみと叔母さんへの手紙のなかでぼくが別れを告げたもの、つまり、ぼくの仕事は、イルペニの太陽のもとで復活しました」

ジナイーダとの恋愛によって、パステルナークは再び抒情詩に戻ったのである。

愛の詩

詩集には、当然のことながら愛をテーマにした詩が多い。しかし、それまでのパステルナークの愛の詩とはかなり趣を異にしている。女流詩人ツヴェターエワが「マヤコフスキーは顕わし、パステルナークは隠す」(『光の驟雨』)と述べた通り、テーマにはしていても、声高に愛を歌い上げる詩はそれまで殆どなかった。しかし、『第二の誕生』における表現は、次のようにきわめて直截的である。

「きみは非の打ちどころもなく美しく」(「他者を愛することは」)

「ぼくの麗しの人よ、きみのすべて／きみの本質がぼくの心にかなっている」(「ぼくの麗しの人よ」)

「こんなにも、きみはぼくの人生そのものになった」(「熟した綿のまわりでは」)

平明な表現に移行していった後期の詩においても、これほどはっきり愛が語られることは少ない。さらに特徴的なのは、その愛が詩と密接に結びついている点である。

韻のなかで、呪われた運命は死んでゆく、
そして、さまざまな世界での不調和は、
ぼくらの小世界に入ってきて真実となる。

（「ぼくの麗しの人よ」）

ぼくらが手を取り合って去る死のあとも
心房と心室よりも密接に
ぼくら二人で
押韻したい。

（「愛する人よ、甘たるい噂は」）

「呪われた運命」や「手を取り合って去る死」という詩句から二人の愛が祝福されないことが知れる。「韻のなかで」、あるいは「押韻」する以外にこの愛は生きられない。声高に詩に歌い上げずにはいられない。追い詰められた愛である。

詩集『第二の誕生』の愛の詩は全体に、切羽詰まった詩人の気持ちがあまりに前面に出すぎていて、やや生硬で平板の印象をまぬがれない。詩集『わが妹人生』の光や雨や、むせかえるような緑に彩られた、きらめくような愛の詩に比べると、明らかに見劣りする。しかし、この詩集にも読者の胸に浸み入るような詩がいくつかあり、その光が詩集を輝かせている。
詩集の終わりのほうに位置する詩「夕暮れの他には」はそのような詩の一つである。ここでは、主人公は最早、無理に愛の喜びを伝えようとはせず、むしろ、苦悩を率直に表している。

夕暮れの他には、
家には誰もいない
冬の日だけが
束ねたままのカーテンの穴に透けている。

白い湿ったかたまりが
すばやく宙を切って見え隠れするだけ。
屋根と雪だけ、屋根と雪のほかは
誰もいない。

またしても、霜が一面に線を引き、
またしても、ぼくを捕えるのは

去年からの憂鬱と
あの冬のさまざまな出来事。
またしても、許されぬ罪として
いまなお、ちくちくと刺すだろう。
窓は、十字に組んだ角材を
薪の不足にあてるだろう。

愛が引き起こした「許されぬ罪」の意識に主人公は苦しんでいる。しかし、ここにはかすかな希望がある。続く最終二連は次のようなものである。

だが、不意に、人が入って来て、
戸口の厚いカーテンが震えるだろう。
静けさを歩みで測りながら、
未来のように、きみが入って来るだろう。

きみが戸口に現れるだろう。

気まぐれではなく、何かしら白いものを着て、
何かしら、それで本当に雪ひらを仕立てる
生地のようなものをまとって。

この詩は、高らかに愛を歌った詩の正反対に位置している。これまでの詩では、愛の表面的な輝きの下に死をも連想させる暗い運命や罪の闇が透けて見えた。言葉ばかりが空しく鳴り響く、辛い愛の詩であった。しかし、詩「夕暮れの他には」で、胸が潰れるような哀しみの中で主人公はようやく出口を探し当てたのである。

「静けさを歩みで測りながら／未来のように、きみが入って来るだろう」の詩句からは、苦悩の果てにようやく辿り着いた揺らぎのない思いや、悲しみに洗われた希望が伝わって来る。「きみが戸口に現れるだろう」という詩句からは、心の底からの静かな喜びがある。死の淵を覗きながら必死で愛を綴っていた詩人が、未来へ目を向け始めたことが感じられる。まさに「第二の誕生」であろう。

第二の誕生

マヤコフスキーの自殺　全二七篇の五番目にある詩「詩人の死」は、マヤコフスキーの死についての作品であり、詩集全体の流れとは一見、無関係に見える。一九三〇年四月一四日、突然の訃報にパステルナークはマヤコフスキーのアパートに駆けつける。アパートには、すでに多くの友人たちが集まっていた。

誰も信じなかった、たわ言だと思った。
だが、知らされたのだ、二人から、
三人から、みんなから。

昼間だった、穏やかな日、
きみのそれまでの十日間よりも穏やかだった。
人々が集まっていた、玄関の間に立ちつくして、
銃殺されるかのように、並んで。

きみは眠っていた、ゴシップの上にベッドを置いて、

眠っていた、震えを止め、静かだった、
美しい二十二歳、
きみの四部作が言っていたように。

パステルナークとマヤコフスキーの間に革命前のような親密な関係はすでになかった。しかし、死のときに、一九一四年に初めて会って心奪われたあの詩人が戻って来たのであった。一九一四年に書かれた長詩『ズボンをはいた雲』（一九一四年作、一九一五年出版）を、パステルナークは泣きながら朗読した。詩句「きみの四部作」とは「愛」「芸術」「制度」「宗教」についての四部からなる『ズボンをはいた雲』のことであり、詩句「美しい二十二歳」は、その長詩から取られている。一部を引用しよう。

ぼくの魂には一筋の白髪もなく
年寄りじみた優しさもない。
声の力で世界を穿（うが）ち、
ぼくは行く、
美しい、二十二歳。

パステルナークにとって、マヤコフスキーは冷たい骸（むくろ）ではなかった。詩「詩人の死」の「美しい二十二歳／きみの四部作が言っていたように」に続く詩連はこうである。

きみは眠っていた、枕に頬を押しつけて
眠っていた、足に踝（くるぶし）に全力をこめて
全速力で新たにのめり込んでいった。
出来たばかりの年代記の列へと。

「眠っていた」という詩句は、前の連と合わせて三度も繰り返され、死の比喩的表現の域を越える。そして、「全力をこめて」や「全速力で」が死とは正反対のきわめて動的なイメージを生み出すのである。

死と誕生

詩集『第二の誕生』とほぼ同時期に書かれたエッセイ『安全通行証』はマヤコフスキーの自殺について多くのページをさいている。次の箇所は詩「詩人の死」に描かれた情景と重なる。

マヤコフスキーは片腹を下にして、壁を向いて横になっていた。大きくて、憂鬱そうな姿。顎

までかけられたシーツ、眠っているように半開きになった口。皆から誇り高く背を向けて、彼は眠りのなかでさえ、この眠りのなかでさえ、執拗にどこかへ突進し、どこかへ走って行こうとしていた。死はその表情を固くしてはいたものの、すっかり覆いつくすことはできなかったので、その顔はマヤコフスキーがかつて自分を美しいと言った二十二歳のときに戻っていた。

ここまでは、詩の内容とほぼ同じであるが、続く文章ではさらに踏み込んで、死が明確に否定されている。

それは人生を終えるのではなく、始める表情だった。彼は威張り、憤激していた。

「人生を終えるのではなく、始める」―つまり死ではなく誕生のイメージがここにはある。勿論、通常の誕生ではない。残された人間のなかに故人の記憶が蘇ることを一つの生命の始まりと捉えるのである。『安全通行証』の次の文から、パステルナークの死生観がうかがえる。

だがこうした喜ばしい季節に、そんな悲しいことがありえようか。つまり、これは第二の誕生ではないのか。これが、死なのか。（傍点筆者）

死は「第二の誕生」だというのである。第二の誕生は詩集の題名となっている言葉だが、詩集の中にこの詩句はなく、表題詩もない。パステルナークの六つの詩集のうち表題詩をもたない詩集は、処女詩集とこの『第二の誕生』だけである。処女詩集の「雲の中の双生児」については、「未来主義かぶれの馬鹿気た題名」(『人々と状況』)とすでに説明されていることを考えると、「第二の誕生」という言葉が詩集に存在しないのは異例である。読者は詩集の内容から、新しい愛を得たパステルナークの再出発を意味するのであろうと推察するのだが、『安全通行証』を読むと、「第二の誕生」がマヤコフスキーの死を意味しているのは明白である。

「声をかぎりに」

『安全通行証』には「マヤコフスキーの遺作『声をかぎりに』が昔の彼を思い出させた」と明記されている。張りつめた悲しみが重く響き渡るマヤコフスキーの初期の詩を、パステルナークはこよなく愛していた。革命後、政治的になってゆく友を悲しみ、一九二二年「どうやってあなたを真実の路に戻せるのか」と書いて詩集『わが妹人生』の献詞としたほどである。

マヤコフスキーは友人の叫びを無視し続けたことになるが、最後の最後まで自分を偽ることは不可能であった。死の直前に彼が書いた抒情詩「声をかぎりに」は次のようなものである。

ぼくの詩はとどく

幾世紀もの山なみを越え
詩人たちや政府の
頭を幾つも越えて。
ぼくの詩はとどく、
だが、その詩は
色恋を求める矢のように
とどくのではなく
すり減った硬貨が古銭集めの手に落ちるように
とどくのではなく
死に絶えた星たちの光がとどくのとも違う
ぼくの詩は
力強く
歳月の魂を突き抜けて
現れるだろう
重たく
ごつごつとして
はっきりと

遠くローマの奴隷たちの
　作った水道が
ぼくらの時代にまで
　やって来たように。

幾世紀を越え、幾つもの国境を越え、すべての人の心にまさに「とどく」傑作である。この詩が、かつてボリスを魅了した二十二歳のマヤコフスキーを呼び起こしたのである。そして、叙事詩の成功のあと、抒情詩の世界に戻っていこうと苦しんでいたパステルナークに少なからぬ衝撃を与えたことは想像にかたくない。創作意欲の高揚はジナイーダとの恋がもたらしたものであるが、それ以前にマヤコフスキーの抒情詩「声をかぎりに」が迷える詩人の道程を照らしていた。だからこそ、一〇年ぶりの抒情詩集は「第二の誕生」と名付けられたのであろう。つまり、「第二の誕生」には、すでに述べたパステルナーク個人の再出発、マヤコフスキーの死の他に、抒情詩の復活の意味をこめられているわけである。詩集全体を形作っている愛の詩とは無関係に見える詩「詩人の死」こそが、詩集全体を支配する作品なのである。

パステルナークの死生観　詩「詩人の死」と『安全通行証』のマヤコフスキーの死に関する記述は、パステルナークの死生観を探るうえでもきわめて重要である。記憶を媒体として死と生を結びつける考えは、マヤコフスキーの死を契機に現れてくる。一九三六年においてなお人々の記憶に生き続けるプーシキンは一八三六年のプーシキン本人と同じで、その意味で死はないのだとする（『安全通行証』）独特の論法は、のちに、妻ジナイーダの連れ子アドリアンが病死したときに使われた。悲しみで狂いそうになる妻に向かい、夫は「死はない」、「死んだ人々は身近な人のなかで生き続ける」と言ったのである。（『パステルナーク回想』）

これが妻を慰めるための方便ではないことは、長編『ドクトル・ジバゴ』の主人公がまったく同じことを口にすることからも推測できる。ジバゴは次のように言って、病んで死の予感におびえる養母アンナ＝グロメーコの心を落ち着かせるのである。

他者の中にある人間、それこそが人間の本質、魂なんです。それこそがあなたであり、あなたの意識はこれまでの全生涯、それをこそ呼吸し、自分の糧(かて)とし、喜びとしてきたんです。（略）これまでも他者の中にいたあなたは、これからも他者の中に残られるわけです。やがてそれは記憶と呼ばれることになるでしょうが、あなたにとっては同じことじゃありませんか。それは、未来の一部となられたあなたなんですから。

最後に、もう一つ。心配することは何もありません。死は存在しないんです。

（江川卓訳『ドクトル・ジバゴ』）

「詩人の死」

マヤコフスキーの死を「第二の誕生」であると言うのであるなら、その死を扱った詩の題名は詩集と同じ「第二の誕生」とするのが自然である。しかし、そうはしなかった。なぜなら、マヤコフスキーの死をプーシキンの死に重ね合わせていたからである。ロシア・ソヴェト文学を通じて、「詩人の死」というと誰もがまず思い浮かべるのは、パステルナークの作品ではなく、レールモントフの「詩人の死」であろう。一八三七年、一月末、レールモントフはこの詩をもって、ロシア詩壇に鮮烈なデビューをしたのである。

「詩人の死」は今なおロシアの人々が愛してやまない詩神アレクサンドル＝プーシキンの死の直後に書かれた詩である。詩の神様を無残に撃ち殺したのは、フランス人将校ダンテスである。再三、再四の抗議にもかかわらず、プーシキンの美貌の妻ナターリヤに言い寄り、ついに決闘になった話はあまりに有名である。

詩人の才能を愛した人々は、プーシキンの死はたんにダンテス一人の責任ではなく、自由を愛した反骨の詩人に侮辱的なカーメル・ユンケル（小姓のような身分）の地位を押しつけて宮廷と社交界に引きずり出し、スキャンダルに巻き込まれるように仕向けたロシア上流社会の責任だと考えた。とはいえ、そこには明らかに皇帝の存在があったので、非難を大っぴらに口にするのは憚られた。レールモントフは、名指しで皇帝を非難することこそしなかったが、次のような詩句で敢然と社交界を糾弾したのである。

名を惜しんだ詩人は殺された！
噂に傷つき、銃弾を胸に受け、
復讐の夢破れ、倒れた、
誇り高き頭をおとした！
終わりない見えざる侮辱に
詩人の魂は耐えきれず、
社交界の声に逆い、
昔のように一人立ち向かい、殺された！
殺された！ 号泣も、
空しい賞讃のいらぬ合唱も、
みじめな弁明の繰り返しも、今さら何になる？
運命の判決は下されたのだ！
お前たちではないのか、自由で大胆な天分を
そもそもの初めから意地悪く迫害したのは、
静まりかけた火を
心なく煽り立てたのは？

五六行に及んで、詩人の死を嘆き、悲しみ、憤るレールモントフの「詩人の死」とパステルナークの「詩人の死」とに共通点があるようには見えない。しかし、これほど有名な詩の題名を意味もなく使うパステルナークではない。しかも、『安全通行証』のマヤコフスキーの死を扱った章で、「一九三六年に人々の心に生き続けるプーシキンは一八三六年のプーシキンと同じ」と、わざわざプーシキンと名を出している。

文脈から見ると、ここはカラムジーンでもトルストイでも誰でもいい。プーシキンとしているのは、マヤコフスキーの死はプーシキンの死と同じなのだというパステルナークの第二のシグナルである。第一のシグナルは無論、題名の「詩人の死」である。

決闘に倒れたプーシキンと自殺したマヤコフスキーのどこが同じなのか。レールモントフの「詩人の死」の終わりの部分には、次のような詩行がある。

穏やかな楽しみと真の友情を捨て、
何故、入っていったのか、
自由な心と燃える情熱にとっては息苦しく、妬み深い社交界へ。
何故、手を差し延べたのか、くだらぬ迫害者どもへ、
何故、信じたのか、偽りの甘い言葉を、
若き頃より人々の心を捕えた人だというのに。

プーシキン（1799—1837）

若い妻に引きずられ、皇帝に膝を屈してカーメル・ユンケルの地位を受けてしまったプーシキンに対するレールモントフの悲しい問いかけである。しかし、引用した三行目の「社交界へ」を「文学プロパガンダの世界へ」と置き換え、四行目の「くだらぬ迫害者ども」の前に「ラップの」と付け加えれば、これはそのまま、パステルナークのマヤコフスキーへの言葉ではないのか。

このように考えると、「詩人は殺された!」で始まるレールモントフの詩の冒頭部分も、まさしくパステルナークの叫びであることがわかる。つまり、プーシキンはロシア上流社会によってたかって殺されたとレールモントフが憤ったと同じように、マヤコフスキーはソヴェト文学界の中でねじ曲げられ、窒息させられたというのである。

そもそも、ソヴェト社会で評価されていたマヤコフスキーの詩は革命以降のものに限られていたから、一九一四年作の『ズボンをはいた雲』から詩句を引用し、亡骸を「美しい二十二歳」だと書くだけでも挑戦的である。しかし、それだけでは足りず、深い悲しみとたぎるような怒りをこめて、詩の題名を「詩人の死」としたのである。

マヤコフスキーの死から三〇年近くが経過した一九五八年に国外で出された自伝的エッセイ『人々と状況』で詩人は再びマヤコフスキーに触れている。「世間が思うほど親交が深かったわけではない」と書いてはいるが、その実、やはり多くの頁を費している。そして次のような締めくくりの文を読むと、一九三〇年の詩人の悲しみと怒りがまだ収まっていないように思えるのである。

マヤコフスキーは無理やり引き抜かれて、植え換えられたのだ。女帝エカテリーナ時代のじゃがいものように。それは彼の罪ではない。

VII　第二次世界大戦とその後

第二次世界大戦

ドイツ軍進攻

ドイツは第一次大戦後、戦勝国からの苛酷な賠償要求に苦しんでいた。ヒトラーはベルサイユ条約を一方的に破棄し、ゲルマン民族の優位性を説き、軍国主義を強力に推し進めることで国民の圧倒的な支持を得ていった。第一次大戦からわずか二〇年足らずの間に、ドイツは再びヨーロッパの脅威となったのである。

スターリンは、本来、共産主義の敵であるはずのヒトラーに妥協し、一九三九年、独ソ不可侵条約を結んだ。東の脅威から解放されたドイツがチェコスロヴァキアに侵攻し、一九三九年に第二次世界大戦が勃発したときも、条約は守られていた。

ドイツ軍は破竹の勢いで連合国を破り、一九四一年七月、ソ連に侵攻した。ソ連軍は敗退を続けた。スターリンは、有能な軍人を粛清したツケを自国民の命で支払ったのである。ドイツ軍はまたたく間にソ連領内深く入り込んだ。レニングラードは包囲され、モスクワの二〇〇キロまで敵は迫り、空襲が始まった。

ジナイーダは病気で入院中の長男アドリアンを残し、次男スタニスラフとパステルナークとの子レオニードを連れてウラルのチーストポリに疎開することになった。パステルナークはモスクワにとどまった。状況は厳しかったが、皮肉なことに人々は戦争によって、粛清の恐怖から解放されるのである。詩人も例外ではなかった。「戦争が何か巨大な自然の力のように多くのものを洗い流すだろうと彼は言った。そして、すべてよい結果に終わり、我が国は勝利すると信じていた」(『パステルナーク回想』)とジナイーダは記している。

ツヴェターエワの死

戦争が始まって間もない一九四一年九月、女流詩人マリーナ＝ツヴェターエワが自殺した。亡命先のパリから帰国して、わずか、二年の出来事である。

一九一七年の詩人の集まりで、パステルナークは初めてツヴェターエワに出会い、強い印象を受けた。詩人たちが文学流派に分かれて争っている中で、「まったく別の人」、どの流派にも属さない「守護神のような存在」と感じたという。(『人々と状況』)当時、ツヴェターエワはボリスより四歳若い二十三歳、ペテルブルグ大学教授を父親に持つ真正のインテリゲンツィアであった。その後、白衛軍将校エフロンと結婚し、反革命軍の敗北が明らかになった一九二二年、プラハに亡命し、やがてドイツを経てパリに移った。

ツヴェターエワの亡命後、パステルナークは彼女の詩集『里程標』を読んで強く心惹かれた。文通が始まった。一九二六年には妻との不和も手伝って恋愛感情にまで発展したが、すでに述べたように結実しなかった。細々と文通は続けられ、一九三五年、反ファシスト会議に出席するためにパリを訪れた詩人は、かつて恋心を抱いた女性に再会し、初めてその夫に会った。夫妻には一男一女がいた。家族を愛してはいたが、ツヴェターエワには家庭的なところはみじんもなく、夫以外の複数の男性、そして女性までが、奔放な愛の対象だった。周囲はそれを許した。補って余りある彼女の才能を愛したのである。しかし、女流詩人はパリの空の下、読者の反響なしで書くのに疲れ始めていた。彼女の美しく力強いロシア語を理解してくれる人があまりに少なかったのである。故国に戻りたいと考え、パステルナークに意見を求めた。ソヴェトの状態を知る詩人は、一家が不幸になるのを恐れたが、何も言えなかった。心配はやがて現実のものになったのである。

一九三七年、まず夫エフロンと長女スヴェトラーナが帰国した。亡命者がどうして帰国できたか定かではないが、エフロンがソヴェト諜報部と取り引きして、ある殺人事件に関与したという説もある。二年後、ツヴェターエワと長男ムルが帰国して、モスクワで暮らしていた夫と娘に合流した。しかし、故国で待ち受けていたのは、あまりに苛酷な運命だった。間もなく夫はスパイ容疑で逮捕、処刑され、娘も収容所送りになった。ソヴェト文学界はツヴェターエワを受け入れず、僅かな翻訳の仕事を斡旋されただけだった。困窮の中、友人の家を転々とし、戦争の勃発とともにウラルに疎開した。疎開先のみすぼらしい部屋の中で、かつて天才少女と言われ、多くの詩人を魅了したマリーナ＝ツヴェターエワは首をつった。
ツヴェターエワを助けられなかったボリスは激しい良心の呵責を感じた。死の二年後に書かれた詩「マリーナ・ツヴェターエワの思い出に」には、悔みきれない思いが響いている。

いまでもなお、あなたを帰らぬ人と思うのは、
飢えた尼層のなかの
吝嗇な　億万長者を思うほど
むずかしいことだ。

あなたの意に沿うため、ぼくは何をすべきなのか、
どうにかして、知らせてほしい。
あなたが去った沈黙のなかに
言葉にされなかった非難がある。

従軍作家として

戦争によって、詩人は長い間の孤独と圧迫から解放された。志願して従軍作家となり、作家のK＝フェージンやV＝イワノフらと共に前線に赴き、兵士たち

の集会にも積極的に参加した。パステルナークの難解な作品を理解しがたく思っていた兵士たちは、詩人の人柄に触れ、次のような感想を残している。

一九四三年、我が第三部隊に作家たちがやって来た。そのなかにはボリス＝パステルナークもいた。彼の率直さ、生き生きとした分けへだてのない態度に、皆が好感を持った。当時、彼の詩をまったく知らなかったし、今でもわずかしか知らないが、知っているいくつかの詩は、親近感を持てるというものではないにせよ、素晴しいものだと思う。

（E＝パステルナーク『ボリス・パステルナーク』）

詩人の人となりが窺い知れると同時に、やはりパステルナークの作品は万民に愛されるという訳にはいかなかったことが推測される。しかし、同じ従軍作家のイワノフによる次のようなエピソードもある。

ゴルバトフ将軍が到着して、司令部はいわゆる「つつましい夕げ」に作家たちを招いた。それは本当に質素な夕食で、じゃがいもと、わずかなハム、水、そして勿論、酒ではなく、お茶があるきりだった。

話が始まった。作家たちが話をしたが、あまりにも退屈で、恥ずかしくなるくらいだった。突然、ボリスが立ち上がった。当然のことながら、多くの作家が困惑し、不都合を感じた。わが国の将校たちは、むろん、教養もあり、本もよく読むが、それでもやはりボリスを理解するのは難しいだろうと思ったのである。

ボリスはすばやく話し相手の方を向いた。目は大きく見開かれ、手は組み合わされる。唇は震えていた。明瞭に、愛国心に満ちて、格調高く、そして、ユーモアたっぷりに話した。彼の話は、彼の詩と同じなのだということがわかった、つまり、複雑なものは何もない、すべて簡潔で、楽観的で、詩的で、かつ確信に満ちているのである。

従軍作家として前線で（1943年）

将軍と将校たちは青ざめ、感動した面持ちで、じっと押し黙って、聞き入っていた。彼らには、パステルナークの言うことがよくわかった。もしかしたら、われわれ作家全員よりも、はるかに深く理解したのだった。才能というものは、おそらく、つねにわかりやすいものなのだ。

（T＝イワノフ『同時代人の思い出』）

これもまたパステルナークの一面を端的に表

す話である。従軍中に書かれたエッセイ『解放された都市』（一九四三年）等は「労働(トルード)」紙に掲載され、戦争の詩篇は第五詩集『夜明け前の列車にて』（一九四五年）に収録された。

勝　利

危急存亡のときだけ発揮されるロシア人の驚異的な力が、この戦争でも現れた。緒戦でヨーロッパ・ロシアの大半を占領される大敗北を喫しながら、徐々に盛り返し、一九四三年のクルクスの戦いで勝利して攻勢に転じたのである。占領地は次々に解放されていった。一九四四年に書かれたパステルナークの詩「春」は、喜びと勝利の予感にみちている。

この春は、何もかもが特別だ。
雀のさえずりもかつてなく生き生きとして。
心のなかが、静かで輝いているのを
ぼくは、あえて表そうとするまい。

別様に思えるのだ、書けるのだ。
合唱のなかの響きわたる低音(バス)のように
解放された国土から、
力強い大地の声が聞こえる。

祖国の楽しげな息づかいは
広々とした空間から冬の跡を洗い流している。
泣きはらしたスラブ人の瞳から
涙のあとの黒土が見える。

国旗を振るソ連兵士（1945年5月ベルリン）

撤退するドイツ軍を追い、東ヨーロッパを解放していったソ連軍は他の連合国に先がけて、一九四五年四月三日、ベルリンに入城した。このことが、連合軍におけるソ連の立場を決定した。自国では二千万人とも言われる人命を失いながら、ヤルタ会談でのスターリンは、英国のチャーチル、米国のルーズヴェルトを凌ぐ勢いだった。

戦後、スターリンは領土問題を有利にすすめ、ソ連邦は有史以来、最大の国土を保有し、東ヨーロッパに新しく生まれた社会主義国家を勢力下に収めた。アメリカ合衆国と並び立って、世界を二分する陣営の一つとなったのである。

ジナイーダの悲しみ　一九四四年、パステルナーク一家は空襲の脅威のなくなったモスクワに戻ってきた。長男エヴゲーニィは出征していたが、無事であった。一家に戦争の犠牲者はいないように見えた。しかし、混乱のなかで、確実に命を削られていった者がいた。ジナイーダの長男アドリアンである。

戦争勃発のニュースを聞いたジナイーダの頭を占めたのは、結核で入院中の息子が助からないという思いだった。不幸な予感は的中した。アドリアンは戦火を逃れて病院ごと疎開していたが、環境は劣悪だった。手の施しようのなくなった息子を、母親はたった一人でモスクワに連れ帰り、設備のよい病院に入れた。小康状態を得たあと、十七歳の少年は息をひきとった。ロシア全土がソ連軍のベルリン入城に湧いていた一九四五年四月末のことである。遺骨はペレデルキノの庭の片隅に埋められた。

一九三六年頃からパステルナークに加えられてきた攻撃のために、ジナイーダは絶え間ない圧迫の下にいた。経済的な困窮が追い打ちをかけた。夫の姿勢を理解してはいたが、現実的な妻は夫に完全に歩調を合わせることはできなかった。少しずつ、夫婦の間の溝が深まっていった。

従妹フレイデンベルグへの手紙から、戦争直前に大きな諍(いさか)いがあり一時別居したことが知れる。

「すでに終わったことだし、口にするのははしたない」とパステルナークは理由を明かさないが、思わせぶりな文面から、ジナイーダが夫の交遊関係に大いに口をはさみ、危険人物を遠ざけていたことが推察できる。アドリアンの発病後、心配のあまり、不機嫌はいよいよ募った。パステルナーク家を訪れた作家のナギービンは、女主人の気分が家中を圧迫していたと書いているほどである。

しかし、戦争の困難のなかで二人の絆は戻ったようで、気遣いと愛情に満ちた夥しい量の手紙が疎開先のジナイーダに送られた。一九四一年一一月一二日付の手紙は次のように結ばれている。「大切なことをわかっていてほしい、ぼくはきみを自分の人生と同じに愛していて、いつまでもいつまでも、きみと一緒に生きていきたいのです」(『文学新聞』)

だが、ジナイーダにとって長男の死の打撃はあまりに大きかった。悲しみをまぎらわすように、戦後、戦争孤児を世話する婦人活動にのめり込んでいき、それが終わると次男スタニスラフのピアノ教育に夢中になり、そのかたわら、カードに興じ始めたのである。一家をよく知るY＝クロトフはこう述べている。「この時期のジナイーダ＝パステルナークに起きたことは、ほとんど説明不可能である。アドリアンの死はジナイーダその人をつくり上げていた何かを打ちこわしてしまったのである」(『パステルナーク家の人々』)

家庭は荒廃した。

ジダーノフ批判

秘密の愛　妻ジナイーダが息子の死から立ち直れずにいた一九四六年、パステルナークは美貌の未亡人で女性編集者のオリガ＝イヴィンスカヤと知り合う。『新世界』誌で詩を担当していた三四歳のこの女性は、詩人の熱烈な崇拝者だった。二人の間に恋が始まった。

恋するパステルナークは、かつて、街を、公園を、森を歩いた。詩集『わが妹人生』をもたらしたエレーナに恋した二七歳のボリスも、親友の妻ジナイーダを愛した四〇歳のボリスも。すでに五六歳になっていたが、情熱と活力は以前のままだった。厳寒のモスクワを詩人とイヴィンスカヤは何時間も歩き回った。妻には秘密のまま、新しい愛は燃え上がり、パステルナークの生活に深く入り込んだ。イヴィンスカヤとの関係はやがて妻の知るところとなり、ジナイーダは激怒した。

恋愛が創作意欲をかき立てるのもいつもと同じである。ジナイーダと結婚した直後に構想を得た散文がいよいよ本格的に着手され、当初、妻の影響が強かった女主人公の形象にイヴィンスカヤが色濃く影を落とすようになる。小説は順調に書き進められていったが、出版が期待できなかったため、生活費は主に翻訳から得ていた。前妻と二番目の妻との家族を養い、粛清された友人家族に送金する金も必要だった。夫が意識的に困窮状態を作り出しているとジナイーダがこぼしていたのも無理からぬことだった。そのうえ、『新世界』誌との間にトラブルがあったイヴィンスカヤを退職させ、彼女とその家族の面倒も見たのである。
もっとも、詩人は物欲とはほとんど無縁で、着古した背広と靴を愛用し、家には質素な家具があるきりだったという。

ジダーノフ批判

大戦後、協調して国際連合を創設した米国とソ連は、国境線の設定などさまざまな問題を巡って激しく対立するに至った。対立は二国間だけにとどまらず、それぞれが資本主義諸国と社会主義諸国を巻きこんだ。世界が東西に分裂してにらみあう、いわゆる冷戦の時代が始まったのである。

資本主義諸国では、社会主義、共産主義の思想は危険視され、労働運動は抑圧された。ソ連もまた反資本主義・反西欧色を強め、思想の強化、統制がはかられた。また、戦争の痛手から立ち直り、新たな五ケ年計画を遂行するために、国民を労働に駆り立てる必要があった。文学や芸術は、政府の方針を国民に知らしめる使命を担わされることになった。

一九四六年、政治局員A＝ジダーノフは、スターリンの意向をうけて新しい文芸政策をまとめ、党中央委員会で発表した。社会主義リアリズムがソヴェトの芸術の規範となり、それ以外の形式は非難された。有名なジダーノフ批判である。

はじめての打撃は、二つの月刊誌「星」と「レニングラード」にうちおろされた。社会に有害な作品を掲載したというのである。「レニングラード」誌は発行停止となり、「星」誌の編集スタッフは更迭された。続いて、女流詩人アフマートワと諷刺作家ゾシチェンコが槍玉にあげられた。アフマートワの詩はエロティシズム、神秘主義の最たるものであると弾劾された。ゾシチェンコの諷刺や皮肉はソヴェト国民にたいする中傷と受けとられ、「大衆の敵」「裏切者」のレッテルを貼られた。二人は作家同盟から除名された。

当時のソヴェトにおいて作家同盟を追われることは、作家として完全に息の根をとめられることであると同時に、一個の人間としても社会的に抹殺されることを意味した。作家同盟に属さないものは、いかに素晴しい作品を書こうと、もはや、詩人でも作家でもなく、無為徒食の民、社会の余計者にすぎないのだった。アフマートワとゾシチェンコは極度の困窮に直面することになった。

息子を逮捕された女流詩人は膝を折り、スターリン賛歌を書いた。スターリンの死後、名誉を回復され、詩も発表されるようになる。しかし、特異な才能をもったゾシチェンコは、二度と再び以前のような秀れた作品を書くことはなかった。すぐれた文芸学者バフチンも作品発表の場を奪われた一人だった。名著『フランソワー・ラブレー論』も彼の存命中には出版されなかったのである。

ジダーノフ批判のひろがり　ジダーノフは一九四八年に死んだが、圧迫は弱まるどころか、文学界だけでなくさまざまな分野に及んだ。

大学では毎日のように会議という名の弾劾裁判が開かれ、ソヴェト国家有数の頭脳が恥かしめられた。多くの人がわけのわからぬまま自己批判し、考えを変える宣言をした。学問の世界でも混乱と腐敗は頂点に達した。

　戦勝の喜びはつかの間でしかなかった。戦争がすべてを洗い流し、何もかも良い結果に終わるというパステルナークの見通しはきわめて甘かったことになる。ヒトラーの脅威からロシアの民は解放された。しかし、互いが監視し合い、心の自由が縛られ、人の尊厳が侵される時代へと逆戻りしたかのようだった。

　パステルナークの詩人としての評価は、戦後、国外で高まった。詩集は翻訳され、詩人を対象とした研究書も出版された。また、ノーベル文学賞候補の中にパステルナークの名前が見られるようになっていた。しかし、これらのことも、ソヴェト国内においては、西側との繋がりのすべてを非難する人々の攻撃の材料になっただけであった。

　パステルナークその人も、外国での成功を素直に喜べなかった。それどころか、かえって「国内での不成功という恥辱を強調する」と感じていた。「もっとも圧迫され、不幸な人々のなかから出て、インテリのユダヤ人の間だけに狭く、秘密に愛読されて終わるとしたら、ぼくはやかましいだけの詰まらない作家ではありませんか。そんなふうだったら、いっそのこと、まったく評価されないほうがましです」（『愛と詩の手紙』）

　一九四九年一〇月、新たな不幸が襲いかかった。三年越しの恋人イヴィンスカヤが逮捕されたのである。逮捕の原因については、「新世界」誌に関わる問題があったとする説と、パステルナークに対する見せしめであったとする説がある。真相は謎である。しかし、少なくとも詩人は自分に責任があると思い、イヴィンスカヤの収容所宛てに手紙を送り、残された彼女の母親と二人の子供のため送金を始めた。

絶望に陥りかけながらも、長編小説は書き進められていった。一九四六年から行われた、親しい友人の間での小説の朗読会は続いた。会に集まったのは、フェージン、アスムス夫妻、V＝イワノフ夫妻、ネイガウス、女流ピアニストのユージナ、アフマートワなどである。従妹のフレイデンベルグには、いち早く原稿の写しが送られた。

スターリンの死

ジダーノフ批判を契機とした知識人への圧迫と三〇年代の大粛清の違う点は、ユダヤ人への攻撃があからさまに行われたことだった。一九五三年一月には、この傾向がもっとも顕著な形で現れた。「ユダヤ人医師団陰謀事件」である。著名な医師グループが党幹部の謀殺を企て、ジダーノフと党幹部のシチェルバコフを謀殺し、さらに多くの党員の殺害を計画していたという。九名の医師のうち六名はユダヤ人で、アメリカの国際ユダヤ人組織の指令で動いていたと発表された。荒唐無稽な捏造事件であったが、国民は大粛清の再来を感じ、衝撃を受けた。

実際、スターリンが陣頭指揮をとり、大々的な捜査が展開されようとしたのである。だが、幸いなことに、事件には突然、幕が降ろされた。一九五三年三月五日、ソヴェト連邦の最高指導者ヨシフ＝ヴィサリオノヴィチ＝スターリン、本名ジュガシビリが死去したのである。

VIII 『ドクトル・ジバゴ』事件

雪どけ

雪どけ

一九五三年三月のスターリン死後、マレンコフ、ベリヤ、フルシチョフらによる集団指導体制がしかれたが、早くも六月にはスターリンのかつての腹心ベリヤが逮捕され、党内の非スターリン化がすすめられた。ジダーノフ体制下で逮捕された人々は流刑地から戻り始めた。パステルナークの恋人イヴィンスカヤもこの年釈放されてモスクワに戻った。

文学界にも変化が現れた。一九五三年一二月、「新世界」誌にV＝ポメランツェフが論文を発表し、社会主義賛美一辺倒の作品に席捲されているソヴェト文学の現状を批判したのである。これに対して、A＝スルコフら保守派は直ちに反撃を開始した。ジダーノフ体制を堅持しようとする勢力と変化を求める人々は激しく対立したが、時代の流れは非スターリン化に動き出していた。

フルシチョフ
（1894―1971）

一九五四年に発表されたI＝エレンブルグの小説『雪どけ』は、社会主義思想ではなく個人の愛情を主題にしていた。芸術的にきわめてすぐれた作品とは言いがたい『雪どけ』が大きな反響を呼び、単行本が発売と同時に売り切れるほど熱狂的に迎えられたのは、人々がこれまでとは違う文学を渇望していたからである。「雪どけ」は、恐怖から解放され人々が自分の言葉で語り始めたこの時代を表す言葉にもなった。

同じ年、『旗』誌の四月号に『長編小説からの詩篇』として、パステルナークの詩「三月」、「白夜」、「春のぬかるみ」、「風」など一〇篇の詩が掲載された。雑誌に新しい詩が出たのは一〇年ぶりのことであった。詩人にとっても予期せぬことであった。これについて、「『ドクトル・ジバゴ』の言葉が現代の雑誌に印刷されるなんて、その雑誌にとってはまるで汚点でしょう」と従妹に書き送った。

一九五四年の一二月には二〇年ぶりに作家同盟第二回大会が開かれ、除名されていた女流詩人アフマートワが復帰した。現代ソヴェト文学をめぐる率直な議論も行われた。このあと、作家たちは「ソヴェト社会には誤りがなく無葛藤」という金科玉条から解放された。一九五六年の共産党大会で行われたフルシチョフの反スターリン演説に力を得て、表現の自由の範囲を広げようとする気運はさらに高まった。

しかし、フルシチョフの地位が盤石でなかったのと同じように、文学界の「雪どけ」も本当の春を保証するものではなかった。以前よりゆるやかになったとはいえ、検閲は厳然と残っていたし、作家同盟内の保守派も依然として勢力を保っていたのである。

二重生活

『ドクトル・ジバゴ』の詩の雑誌掲載を喜びはしたが、パステルナークは全体としてスターリンの死後の変化に無関心であり、懐疑的でもあった。文学界の興奮をよそに小説を書き、翻訳に精を出した。

小説に比べれば重大ではない、と詩人は翻訳を過小評価しているが、『ロミオとジュリエット』、『アントニーとクレオパトラ』、『ハムレット』など一連のシェークスピア作品とゲーテの『ファウスト』は名訳として名高い。しかし、翻訳を過小評価するほどに、この秘密の小説は重大なのであった。

私生活においても、秘密が進行していた。

一九五二年から五三年にかけ、詩人は心筋梗塞に倒れ、生死の境をさまよい、妻ジナイーダの献身的な看病でようやく危機を脱した。その後、妻を「命の恩人」と呼んで感謝し、イヴィンスカヤとは二度と会わない約束をするのである。だが、逮捕は自分のせいだと考えていたパステルナークがイヴィンスカヤを放っておけるはずはなかった。一九五三年秋に彼女が戻るとすぐ、妻には内緒で関係が復活する。公私にわたる複雑な生活を従妹への意味深長な文句がよく伝えている。「ぼくの人生がいかに二重で秘密に満ち、さまざまな方面に散乱し、矛盾しているか、最近何カ月かどんなにぼくが幸福であったか」(『愛と詩の手紙』)

やがて、このことは妻に知れることになる。その時の様子について、たまたまパステルナーク家を訪れていたアフマートワは友人で作家のL＝チュコフスカヤにこう語った。「ボリスはまるで半病人の囚人よ。誰かが匿名でイヴィンスカヤのことを言いつけたの。それで禁足されているわけ。子供みたいに、ひたすら驚いた悲しい目をしていたわ。ジナイーダがひどく辛くあたってるのよ」(L＝チュコフスカヤ『アンナ・アフマートワについての覚え書』)

アンナ・アフマートワ

二度の裏切りで妻は激怒し、パステルナークは震えあがったが、すでにイヴィンスカヤとの結びつきは強固なものになっていた。しかし、離婚しようという動きもなかった。ジナイーダとイヴィンスカヤの二人は、この頃の生活をそれぞれ回想に残しているが、両者の記述はあまりにかけ離れていて、読者は判断に苦しむ。パステルナークの心はとうに冷えきっていたが、離婚の悶着を避けたかったのだとイヴィンスカヤは述べ、ジナイーダのほうは、夫は家族と別れたいとは露ほども思わなかったと書いている。
中立の傍観者アフマートワはあるときパステルナーク家の集りに行ったあと、こう洩らした。「ちっとも楽しくなかったし、疲れたわ。ボリスの態度が不可解で疲れたのよ。『ママさんや、ママさんや』って、あんなにジナイーダに優しくして、あの泥棒猫と別れるというんなら、分かるけど、そんなことあるはずないんですからね。まったく、何が何だか…」(『アンナ・アフマートワについての覚え書』)
アフマートワならずとも、詩人の態度には苛立つであろう。ボリスが二枚舌を使っていたことは明らかである。両方の女性を侮辱する二重生活は死ぬまで続けられた。詩人が平然とそうしていたのではないことが唯一の救いである。不名誉なことだと感じ、良心の呵責に悩んでいたことを、のちに死の床で息子に打ち明けたのである。

創作の日々

人生は秘密に満ちた複雑なものであったが、日常生活はまさにトルストイ的な規則正しさで動いていた。一九四〇年にペルデルキノの家の前に菜園を作って以来、地面が雪に被われぬ季節の野良仕事を詩人はこよなく愛し、冬には収穫した野菜の保存に心を砕いた。
おとぎ話のような冬の素晴しさは、目に映る風景ではなく、体を使い、注意を傾けなければならない日常のほんの小さな特徴にあります。一時間怠けていたら、家は冷えきってしまい、どんなに燃やしても取り返しがつきません。ちょっと昼寝をしていたら、貯蔵庫の中でじゃがいもが凍り始めるか、きゅうりにカビが生えます。これらすべてが息づき、香りを放っています。

（『愛と死の手紙』）

戦争で一時中断された菜園は、戦後まもなく再開され、生活に深く根をおろした。一九四八年から隣に住むようになった作家イワノフの妻タマーラは詩人の一日をこう記している。「午前中、思索と創作の仕事。昼食前、上半身裸で菜園で野菜の世話。そのあとシャワー（このために作ったベニヤ囲いの野天のシャワー場で）。昼食。再び書斎で仕事。遅い夕食の前に必ず散歩」（『同時代人の思い出』）

農作業をするパステルナーク

昼食と夕食は遅く、それぞれ、午後三時と午後一一時である。時間は厳格に守られた。イヴィンスカヤは流刑地から戻るとペレデルキノに部屋を借り、パステルナークは足繁く訪れたが、仕事は自宅の書斎で、という大原則は守られていた。

『ドクトル・ジバゴ』は一九五五年にはほぼ完成し、推敲が重ねられると同時に、巻末の詩が書かれた。イヴィンスカヤは仕事上でも重要なパートナーだった。推敲されたものをまとめ、タイプアウトしたのは彼女である。また、ロシア・ソヴェト有数の詩人を集めた詩人文庫シリーズにパステルナークも加えられることになり、その選詩にも関わった。

衰えぬ情熱

六五歳の詩人の創作意欲は衰えなかった。長編小説を脱稿した後、再び抒情詩へ向かい、一九五六年には『旗』誌に、翌五七年には『文学グルジア』誌その他に、最新の詩が掲載された。そのうちの一つ「夜」には、たゆまず書き続ける詩人の姿が描かれている。

彼は星を見ている
夜の心配事の数々が
大空と関わっている
とでも言うように。

眠るな、眠るな、働け、
仕事を中断してはいけない
眠るな、まどろみと戦え、
飛行士のように、星のように。

眠るな、眠るな、芸術家よ、
眠気に負けるな、
きみは永遠の人質
時の囚われ人だから。

この頃『ボリス・パステルナーク詩集』の序のための自伝的エッセイが書かれ、当初『序にかえて』と題された。ここには、「つい最近、私は唯一、責任のとれる作品を書き上げた」という文が見られ、『ドクトル・ジバゴ』脱稿直後の高揚した気分が感じとれる。しかし、『人々と状況』とのちに題されたこのエッセイは序に採用されなかった。老境を迎えようとしていたパステルナークに、最後の最大の危機が迫っていた。

『ドクトル・ジバゴ』事件

事件の発端

『ドクトル・ジバゴ』事件をめぐっては、一九五八年当時、ソヴェトから正確な情報がほとんど入ってこなかったため、西ヨーロッパのマスコミを中心にさまざまな憶測やニュースが乱れ飛んだ。しかし、今日、すでに『ドクトル・ジバゴ』は禁忌ではなく、事件の全容も、ほぼ明らかである。

『ドクトル・ジバゴ』の原稿は、完成後直ちに「旗」誌、「新世界」誌、国立出版所の三つの編集部に持ち込まれ、検討されていた。一九五六年のことである。この年には雪どけの気運が最高潮に達したが、党の幹部は自らよびこんだかすかな自由の風が、大嵐を起こすのではないかと懸念しはじめていた。

微妙な党の変化を反映してか、各編集部は小説の採否の決定をくだせずにいた。情勢が急変して出版の責任を問われることになるのを恐れたのである。それでも、翌一九五六年には詩人文庫シリーズの『ボリス・パステルナーク詩集』の出版が正式に決まり、その中に『ドクトル・ジバゴ詩集』を入れることも了解された。また「新世界」誌とは、部分的に何章かを掲載する口約束が交わされたのである。

ジナイーダと息子にあてた
『ドクトル・ジバゴ』の自筆原稿

その年の五月、モスクワ・ラジオのイタリア語放送が、近くパステルナークの長編小説『ドクトル・ジバゴ』が出版されるというニュースを流した。まもなく、この報道を聞いたモスクワ駐在のイタリアの共産党員S＝ダーンジェロがペレデルキノを訪れた。当初、詩人には小説を外国で出版するつもりはなく、原稿を読ませてほしいと言われて当惑したが、結局、渡してしまう。ダーンジェロは直ちにミラノの共産党員で出版社を経営するフェルトリネッツリに送った。フェルトリネッツリはイタリアで出版したい意向を伝えてきた。

パステルナークは次のような返事を書き送った。「小説が出版されて人々に読まれるのは喜ばしいことです。しかし、我が国のいくつかの雑誌との契約がのびのびになって、もし、あなたの方の出版が先んじることになれば、私の状況は悲劇的に困難なものになるでしょう」

妨害

『ドクトル・ジバゴ』の原稿がフェルトリネッツリに渡ったことは、雑誌の編集部や作家同盟の幹部、党の中央委員会の知るところとなった。中央委員会文芸部長のD＝ポリカルポフは、直ちに原稿を取り戻し、ソ連国内で何らかの形で小説を出版することでスキャンダルを未然に防ごうとした。しかし、原稿を取り戻すことは不可能であるとわかった。フェルトリネッツリが断固、出版すると言ってきたのである。残る道は唯一つ、ソ連国内でも出来るかぎり早く小説を出版することだった。

一九五七年に国立出版所は、若干の削除を条件にパステルナークと出版契約を結び、フェルトリネッツリにソ連での出版を待つように申し入れ、承諾を得た。国立出版所の出版部長A＝コトフは『ドクトル・ジバゴ』に好意的であり、編集担当のA＝スターロスチンはパステルナークの愛読者だったという。

小説が出版されなかったのは奇妙である。

考えられる原因の一つは、「雪どけ」の興奮に水がさされ、揺れ戻しの時代に入っていたことである。最大の転機は一九五六年一〇月のハンガリー動乱である。ハンガリーの人民が共産主義支配から脱しようとし、ソ連の戦車の力によってかろうじてそれを止めたことは、ソヴェト政府にとって衝撃だった。政府はイデオロギーの引き締めにかかり、翌一九五七年には検閲が強化され、「雪どけ」派の芸術家が批判され始めた。

それでも、批判された作家たちが真夜中、黒塗りの車でどこかへ連れていかれるような時代ではなかった。しかも、『ドクトル・ジバゴ』出版は中央委員会文芸部長の決定であった。フルシチョフ首相は多忙で、この件に関与していなかった。失脚後に書いた『回想録』のなかで、「後に『ドクトル・ジバゴ』を読んだが、何の問題もなかった。人まかせにしておいて出版されず、スキャンダルになったのは遺憾だ」と書いたのは有名な話である。

なんとかして出版を阻止しようとしていたのは政府ではなく、作家たちであった。中心になったのは、一九三四年の第一回作家大会でただ一人、パステルナークを非難したあのスルコフである。そもそもの初めから、スルコフにとってパステルナークの作品は理解の外であり、憎悪の対象でしかなかった。革命から第二次世界大戦のソヴェトを描きながら、レーニンもスターリンも登場しない小説など許せるものではなかったのである。

少数の筋金入りのパステルナーク嫌いの人々に、変わり始めた文学界の雰囲気に恐れをなした作家たちが追従して出版に反対する大きな勢力を作り上げたのであった。

ノーベル賞

小説の出版契約が結ばれてまもなく、国立出版所のコトフ出版部長が死に、まず、予定されていた『ボリス・パステルナーク詩集』の出版が急に見合わせられ、続いて、小説の出版も中止になった。イタリアではすでに翻訳が完了しようとしていた。スルコフは自らイタリアに行き、出版を止めようとしたが、フェルトリネッツリは翻意せず、ついに一九五七年一一月、『ドクトル・ジバゴ』のイタリア語訳が出版された。ロシア語版もイタリアで出版され、やがて、世界各国の言語に翻訳されて大きな反響を呼んだ。小説の作者に対する興味も高まり、外国のマスコミがペレデルキノを頻繁に訪れるようになった。

作家同盟では、原稿をイタリア人に渡したパステルナークの裏切行為を非難する会議が開かれたが、表向きは小説など存在しないかのように黙殺されていた。世界中で『ドクトル・ジバゴ』が増刷されていたとき、ソヴェト国民だけがその存在すら知らなかったのである。

一九五八年一〇月二三日、スウェーデン・アカデミーは、ノーベル文学賞をボリス＝パステルナークに決定。詩人は喜びと驚きを率直に表した返電を打った。「深く感謝します。誇りに思い、感激し、驚いてもいます」

喜んだ詩人とは正反対の反応を示したのが、もっとも身近にいた二人の女性、妻のジナイーダと愛人のイヴィンスカヤである。立場も性格も全く違う二人がこの時、ほとんど同じ思いを抱いたの

ノーベル賞決定を喜ぶ

は、共に詩人を愛し、その身を案じていたからだろうか。「恐しいほどびっくりした。何やら禁制の、名誉を失わせる、全く不必要なことが起こったようにわたしには思われた」（工藤正広訳『パステルナーク・詩人の愛』）と愛人は書き、「ショックだった。私たちにとって、とてつもない不愉快事がやって来る予感がして取り乱した」（『パステルナーク回想』）と妻は述べた。その日のうちにお祝いにやって来た隣のイワノフ夫妻は、ショックで部屋に閉じ込もったジナイーダの態度をいぶかり、何故、喜ばないのかと尋ねた。

翌一〇月二四日はジナイーダの誕生日だった。気を取り直した妻は、夫の受賞と自分の誕生日のために祝いの支度をした。友人で児童文学者のＫ＝チュコフスキーや粛清されたグルジア詩人タビゼの妻ニーナら多くの友人や弟夫妻が集まった。国内外から祝電がまいこみ、詩人は祝の杯を重ねた。しかし一〇月二四日は平穏なままでは終わらなかった。

長年の友人で作家同盟の幹部になっていたフェージンが訪れ、詩人を別室に連れ込み、賞を辞退しなければ不愉快なことが起こると告げた。一九三〇年代の初め、フェージンがラップから攻撃されたとき、ボリスは立ち上がって抗議した。戦争中は従軍作家として共に行動し、ジダーノフ批判の時代も友情は保たれた。しかし、作家同盟で次第に地位を得ていくのに反比例するように、作家としては駄目になっていったフェージンの中で何かが変わっていった。詩人が最大の困難を迎えようとするとき、彼は離れていったのである。三〇年にわたる友情はこの日を境にこわれた。

長男エヴゲーニィはフェージンの帰宅後、真っ青になって座り込んでいる父親を見つけた。

非難の嵐

翌一〇月二五日、フェージンの言葉通り、各種の新聞、雑誌でパステルナーク非難キャンペーンが始まり、ありとあらゆる悪罵が投げつけられた。革命を冒瀆する小説『ドクトル・ジバゴ』を国外で出版し、ノーベル賞を受けた恥知らずというのが、共通の主旨であった。一般読者からも怒りの手紙なるものが寄せられたとして、誌面を埋めつくしたが、これは奇妙なことだった。『ドクトル・ジバゴ』を読んだことのあるロシア人は数え上げられるほどだった。「私は小説を読んではいないが、」と前置きしてから『ドクトル・ジバゴ』について非難するのは滑稽きわまりなかった。

すべては、作家同盟が仕組んだことである。政府の顔色を窺い、特権的な暮らしを守るのに汲々としてきた作家たちにとって、ソヴェト連邦で初めてノーベル文学賞を受けるのが、我が道を行くユダヤ人のパステルナークであることは我慢がならなかった。マスメディアを使って詩人を辱しめるだけでは満足せず、ついに作家同盟除名が提案された。誰もこの勢いに逆えなかった。心ある者は仮病を使って会議を欠席し、あるいは、気分が悪いと言って採決の場を離れたが、この愚劣な行為に正面切って反対する作家はいなかった。決議は可決され、ボリス＝パステルナークはソ連邦においては作家でも詩人でもなくなった。

六十八歳の詩人にはあまりに大きな打撃であった。従妹マルコワへの手紙にはこうある。「とても辛い時です。今すぐ死んでしまうのがもっともいいのですが、自分に手を下すことは多分できないでしょう」詩人は別のことをした。受賞の喜びからちょうど一週間目の一〇月二九日、ノーベル文学賞辞退の電報を打ったのである。

しかし、ひとたび燃え上がった憎悪はとどまるところを知らなかった。市民権を剝奪して国外追放せよ、というテレビ演説まで現れた。いっぽう、西側諸国では、パステルナークはいよいよ、悲劇の詩人、共産主義体制下の犠牲者としてセンセーショナルに取り上げられた。わが国でも、連日、『『ドクトル・ジバゴ事件』』関連のニュースが連日報道された。一人の詩人を巡って、まさに熱い冷戦が繰り広げられたのである。

ヘミングウェイをはじめ各国の文学者は、パステルナークがソ連を出るというなら喜んで受け入れるという声明を早々（はやばや）と出していた。両親はすでになかったが、二人の妹とその家族は英国にいて、ボリスを迎える用意があった。

実際、亡命について家族の間で話し合いがもたれた。受賞を辞退したのに国外追放というのであれば、亡命もやむなし、というのが妻や弟の意見であった。しかし、詩人は踏み切れなかった。

苦しみのなかで

一〇月三一日、ペレデルキノに住む女流彫刻家ゾーヤ＝マースレンニコワがパステルナークの身を案じて訪れた。事件以来、弟のアレクサンドルや長男のエヴゲーニィが泊って詩人を支えたが、その時はたまたま、家政婦がいるきりだった。ひっそりとした夕暮れ時、ゾーヤが食堂で待っていると詩人が降りて来て、静かに彼女を抱きしめ、二階に誘った。この日のゾーヤの日記には、事件の過中の詩人のありのままの姿が描かれている。

私たちは、机の両側に座った。机の上には翻訳に必要なものが整然と置かれていた。ザラの紙（彼は鉛筆で書く）を入れた紙挟み、タイプライターには打ちかけの訳がはさみ込まれている。数冊の辞書。

詩人は弟にも妻にも内緒で辞退の電報を打ったこと、不本意ながら、フルシチョフ首相に宛てて手紙を書いたことなどを話して聞かせ、ゾーヤの来訪に感謝して言った。

――心配してくれるのは、きみだけじゃない、このペレデルキノにも二人の文学者がいる、夫婦なんだ、こんな状態だから、名前は言いたくないけど。それに女友達もいる、家内を悲しませるから、彼女の名は内緒だ、でも、それで全員。

そのあと、外国からの祝電を見せ、詩を朗読して聞かせたという。

彼が話し、詩を朗読しているとき、涙が頬をつたった。少しも英雄ぶらず、ただ苦しんでいるのだった。ときおり、頭を机の上にふせる。顔も隠さずに、手で涙をぬぐった。だが、何と勇敢で、人間的な魅力に溢れていたことか、その顔は苦しんでいることで何と生き生きとしていたことか。

（Z＝マースレンニコワ『ボリス・パステルナークの肖像』）

詩人がゾーヤに話した手紙について、その日の夜、早くもタス通信が報道した。一一月六日、フルシチョフに宛て再度、手紙が出された。国外追放という厳しい措置をとらないでほしいという内容であった。二度目の手紙を境に非難キャンペーンは終息に向かった。作家同盟を追放されたボリス＝パステルナークは国外追放を免かれ、ロシアにとどまることになった。かろうじて、文学基金の会員という肩書きだけが残った。

Ⅸ 『ドクトル・ジバゴ』と詩集『晴れわたるとき』

執筆の歴史

断絶を越えて

長編小説『ドクトル・ジバゴ』の創作の歴史については、パステルナークの長男のE＝パステルナークとB＝ボリソフが、一九八八年に「ドクトル・ジバゴ創作史資料」を発表している。そして、工藤正広著『ドクトル・ジバゴ論攷』（北海道大学図書刊行会・一九九〇年）のなかで、この資料が詳しく紹介されているので、日本の読者が執筆のおおよそを知るのは比較的容易であろう。

長編小説を書きたいという欲求は、すでに一九三〇年代からパステルナークのなかにあったが、本格的に着手されたのはすでに述べた通り、戦争後である。国中に前年からの戦勝気分が溢れていた。

詩や散文は通常、一つの作品にまとめられる前に雑誌に発表されるが、『ドクトル・ジバゴ』は発表のあてなく書かれ、生活費を得るための仕事のせいで中断を余儀なくされた。短くて数ケ月、長いときには一年にも及ぶ断絶を越えて、一九五五年、小説はほぼ完成した。多くの家族や友人のためにつねに経済的な心配をし続けてきた詩人が収入の期待できない仕事に一〇年もかけたという事実に、この小説にかけた執念のほどが窺われる。

もう一つの始まり　小説が三〇年代に着想されたことについて、詩人の妹ジョセフィーヌが触れている。すでに書いた通り、彼女は内戦末期の一九二一年にドイツへ出国し、その地で結婚し、祖国には戻らなかった。パステルナークは一九三五年、パリで開かれた反ファシスト国際会議に出席する際、ベルリンを経由し、駅頭で妹夫婦と短い時間を過した。初めて『ドクトル・ジバゴ』を読んだとき、ジョセフィーヌは約二〇年前のベルリン駅での会話を思い出した。

読み進むにつれ、私はもう一つのことを思い出しました。そう、まさにあのことを。生命のみなぎりに震える、躾のゆき届いた、信じやすくて優しい、それでいて悩殺的な魅力を持つヴェールをかぶった若い娘。それは一九三五年、ベルリンでの短い出会いのひとときに兄が情熱的に語った二度目の妻の姿でした。

ジョセフィーヌが思い出したのは、兄ボリスのつぎのような言葉である。

『わかるかい、ジナイーダのためなんだ。彼女についてすっかり書かなくてはならない。小説を書きたいんだよ。道を踏みはずした美しい少女についての小説を。ナイト・レストランの個室に通されるヴェールをかぶった美女…。従兄の将校が彼女を連れて来た。彼女は勿論、逆えなかった。とても若く、たとえようもなく魅力的だった。」

(J＝パステルナーク「女性のイメージ」『ロンドン・マガジン』誌)

これは、詩人がまだネイガウスの妻だったジナイーダから打ち明けられ、強い衝撃を受けた話である(一二六頁参照)。ジョセフィーヌは小説の第一部第二編の「別圏からの少女」を読み、母親の愛人と関係を持つ一六歳のラーラが少女時代のジナイーダであることに気付いて驚くのである。

女主人公ラーラのモデルは特定できない、というのが衆目の一致するところであるが、執筆中の詩人の私生活を考えると、オリガ＝イヴィンスカヤの影響が大きいのは当然で、ジョセフィーヌもそれを認めている。しかし、ジナイーダの過去が女主人公には不可欠の要素だったこと、「道を踏みはずした美しい少女」についての小説を当初、詩人が書こうとしていたことはきわめて興味深い。作者の女性観を探るうえでも、小説全体を理解するうえでも、大切な鍵となるだろう。

出版のあてのない小説だったが、完全に隠密裡に書かれていたわけではなかった。

わが国ではあまりなじみのないことだが、ロシアでは、文学は目からではなく、まず耳から入ってくる。ロシア語は豊かなイントネーションを持った音楽的な言語である。朗読されるのは詩だけではない。散文も、また戯曲も、翻訳さえも朗読される。「詩の夕（ゆうべ）」「文学の夕」と題されて、さまざまな規模の朗読会が開かれる。人々はお気に入りの詩人や作家の声を楽しみに集まるのである。

朗読会

入場料を取る正式の朗読会が開かれることこそなかったが、『ドクトル・ジバゴ』はすでに一九四六年三月、作者の自宅で朗読された。朗読は第一編。出来上がってすぐと考えられ、ここからも作品に対する強い意気込みが感じられる。

その後も自宅ばかりでなく、女流ピアニストのユージナや友人の家で朗読会は開かれた。レニングラードの従妹オリガに送られた原稿には、必要と思われる誰にでも読んでもらうよう書き添えられた。また、感想を早く聞かせてほしいとも書かれた。原稿は女流詩人アフマートワの手にも渡ったようである。女流詩人は朗読会で、小説をこきおろしたこともあった。

総じて、小説の評価はかんばしくなかった。パステルナークはそのことを承知していて、讃めてくれた人は五本の指で足りる、とまで言っている。人の意見など歯牙にもかけないというタイプではなく、不評には気落ちし、評価されれば素直に喜ぶきわめて普通の感覚の持ち主であったから、ショックを受けることもあったが、朗読会は続けられた。愛する人々に『ドクトル・ジバゴ』を聞いてほしいという思いが強かったのである。

滅びゆくものの物語

小説は次のようなものである。

ジバゴとラーラ

二〇世紀のロシア。破産した富豪の息子ユーリィ＝ジバゴは少年期に孤児となるが、モスクワの著名な学者にひきとられ、有能な医師に成長する。家庭を持ち、周囲の信頼も厚い。しかし、第一次世界大戦は早くも彼を幼い息子や妻から引き離し、ようやく退役になったと思うと革命が起きる。当初、革命を肯定的に受け止めたジバゴだったが、次第に新しい時代との歯車が合わなくなる。内戦で混乱するモスクワからジバゴ一家はウラルに逃れる。彼はそこで大戦中知り合った人妻ラーラと運命的に再会し、密会を重ねるようになる。家族への愛とラーラへの思いに引き裂かれるジバゴがラーラとの別れを決心した矢先、彼はパルチザンに捕えられ、従軍医師にされて各地を巡ることになる。

いっぽう、家族はモスクワへ戻るが、その後、国外追放となる。ラーラは行方不明の夫パーシャとジバゴをウラルで待つ。パーシャは第一次大戦で従軍した後、家族との消息を断ち、内戦中ストレーリニコフと名を変えて赤軍の軍事専門家として反革命軍に恐れられる。しかし、内戦の収拾とともに非党員の知りすぎた男は危険人物となり、ソヴェト政府に追われる身となる。

ジバゴはパルチザンから逃げ出してウラルでラーラと再会し、混乱のためモスクワに戻れぬまま、その地でラーラと暮らし始め、職も得るが、社会主義思想しか受け入れられない社会の中で、次第に孤立してゆく。また、危険人物ストレーリニコフの妻であることからラーラの身も危くなる。ラーラはかつて自分を汚したコマロフスキーの勧めるまま、シベリアに逃れるが、ジバゴは留まる。パーシャは逃亡の末に自殺。ジバゴはやっとのことでモスクワに戻るが、すべてに希望を失い、落ちぶれる。七、八年も続いた自暴自棄の生活を建て直そうとしたとき、心臓発作で命を落とす。シベリアから戻ったラーラは偶然、ジバゴの葬式に立ち会うが、間もなく逮捕され、消息は途断える。

誰もが一読してわかるように、これは滅びの物語である。時代の激流のなかで、ジバゴもラーラもパーシャも自分らしく生きようとしながら、三者三様に滅んでいくのである。

真実を求めて

小説について語った従妹フレイデンベルグへの手紙のなかで、作者はこう書いている。

「あそこに書かれているのは死の恐怖ではなく、どんなに立派な計画や達成、どんなに完全な保証も空しいという認識であり、それゆえ、言われるがままに単純に物事を受け取ることを避け、真に正しい道を歩もうと願う心なのです。そして、もし、何かが滅びる運命にあるとしたら、誤りのないものでも滅び、人の過ちのせいではなくそれは滅びていくのだ、ということをぼくは言いたいのです」

この言葉から、小説のなかには、滅びの物語を書くことの他に、もう一つの意図があったことがわかる。真実を求め、誠実に生きようとする者と社会との関係である。

主人公の生きざまを辿っていくと、あまりに場当り的でいながら、時として頑迷な印象を受ける。場当り的である印象は、主人公と新しい状況の間に当初、さしたる摩擦がないことから生まれる。「ジバゴは、少しの異も唱えずに革命の時代を受け入れるために創造された」(『新時代』誌、一九八八年)と述べたのはロシアの著名な文芸学者D=リハチョフであるが、まさにその通りである。主人公は時代に対しても、置かれた状況に対しても、およそ異を唱えようとしないのである。

その彼が結果として疎外され、孤立していくのは何故か。

外的要因が変化していくことに対して無頓着な主人公である。革命で階級的特権が奪われ、快適な生活が失われても、時代の必然として受け入れる。だが、思考や感情の自由が侵されそうになると抵抗し、一歩も譲らない。これは多くの人の行動パターンの逆を行くものではないだろうか。時代が転換していくとき、人は抵抗しながらも、生活を守るために勢いのあるものに従い、ときには内面までも変えられてしまう。変えられたことに気づかず、自ら変わったような錯覚に陥ることもある。このような人々からみると、ジバゴの行動様式は頑迷に見えるのである。

主人公は革命のもたらした状況を受け入れながら、その思想に染まることを拒否して滅んでいく。だが、彼は本当に敗北したのだろうかか。人の心の自由を奪うような思想や達成目標が所詮、贋物にすぎないことは歴史が証明している。時間に淘汰され、無惨な姿をさらしているのは、かつて輝いて見えたものではないのか。

しかし、万人の目に真実が明らかになるには時間がかかる。

集団の狂気のなかで、ジバゴの正気は狂気に見える。「どんなに立派な計画や達成、どんなに完全な保証も空しいという認識」や「言われるままに単純に物事を受け取ることを避け、真に正しい道を歩もうと願う心」を持つ——このきわめて当然なことが、いかに困難であるか。これは、革命期のロシアという特殊な状態における問題ではなく、どの時代にもあてはまる普遍的な問題である。モラルが低下し、情報に操られやすい状況下にある今日、われわれに向けられた意味はきわめて大きいといえる。

ユーリィ・ジバゴの詩篇

詩集の位置

『ドクトル・ジバゴ』の長編小説としてきわめて特異な印象を与えるのは、人物設定や写実的とも象徴的とも定められない描写などさまざまな要因があるが、「ユーリィ・ジバゴの詩篇」と題されてエピローグのあとに置かれた詩集の存在が大きい。エピローグは最終章であるから物語はエピローグをもって完結するのである。従ってそのあとに位置する詩篇は、よくある作中作品とは違い、物語の中できまった役割を担っているわけではない。物語は詩がなくとも機能するし、詩は独立した作品として鑑賞することができる。しかし、エピローグのあととはいえ物語の一章として一七章目に置かれている以上、互いに働きあう。詩によって主人公の心情をより近しく感じられるし、物語のテーマを鮮明に感じられる。また、物語があることで詩への理解が深まることも確かである。

ここで、韻文小説『スペクトルスキー』と散文『物語』についてパステルナークがかつて語った言葉が思い出される（第四章参照）。作者にとっては、詩によってのみ表現されるものと散文でなければ表せないものがあり、二つを一つの作品にすることで初めて意図するすべてが伝わるのである。『ドクトル・ジバゴ』における詩と散文の独特な形式は、物語の形式を破壊するために考え出されたのではない。既成の概念に囚われない、真に自由な創作的源泉から自然に生まれてきたものなのである。

詩「風」　二五編の詩は物語の一場面と直接結びつく詩とそうでない詩がある。詩「風」は特定の人物や状況に結びつかないが、全体を見通すような詩である。

ぼくは終わってしまったが、きみは生きている。
そして風は嘆き、泣きながら
森と別荘を揺すっている。
一本一本の松ではなく

果てしない遠方から続く
すべての木々を揺する。
静かな入江に浮かぶ
ヨットというヨットを揺らすように。
だが、それは怒りからではなく、
強さを見せつけるためでもない、
悲しみのなかできみに
子守歌の言葉を見つけたいのだ。

「終わってしまった」ぼくは特定できないが、「きみ」は女性形である。女性は恋人でも肉親でもよい。愛する者である。終わってしまって、最早、愛する人を守ることもかなわないが、思いを風に託し、悲しみのなかで子守歌を歌おうというのである。滅んでゆく者の悲しさと優しさをふくんで、風は吹くのである。耳元を風が通り抜け、遠方からすぐ近くまで、ありとあらゆる木々の葉の騒めきで身体全体が包まれるような詩だ。評論家の小林秀雄がモーツァルトの交響曲四〇番を「突き抜けるような悲しみ」(『モオツァルト』)と評したのは有名であるが、この詩にも突き抜けるような悲しみがある。だが、それだけではない。慰めがある。
トルストイが、生きる喜びを見つめ、励ましを与えるとするなら、パステルナークは悲しみを見つめ、慰めを与える。人はどちらを切実に求めるであろうか。

素材としての聖書

ジバゴ詩篇が小説とは切り離されて、早くも一九五四年に、「旗」誌の四月号に発表されたことは前に述べたが、発表されたのは全篇ではなく、一六篇である。はずされた詩は新約聖書からテーマを得たものが多い。「宗教は阿片である」というレーニンの有名な言葉以来、ソヴェト政府は社会主義建設の妨げになるとして宗教を圧迫してきた。ジバゴ詩篇の選択には宗教色のある詩を避けようとする意図がある。しかし、これはまったくの見当違いと言わねばならない。詩には信仰心は感じられないし、教義に深く関わろうとする姿勢も見られない。パステルナークは素材として、いわば神話のように聖書を用いているのである。その取り上げかたを見ると、小説全体のテーマが鮮明に現れてくる。

新約聖書のテーマは、おもにマグダラのマリアとキリストの受難である。

マグダラのマリアは娼婦であったが、イエスと出会い、わが身の罪を悔いる。イエスは卑しい女が自分の足に香油をかけるのを許し、それによって彼女のすべてを許す。マリアが悔悟と許された喜びの涙をはらはらと流しながら、長い黒髪でイエスの足をぬぐうこの場面は新約聖書の中でも、もっとも印象深いものの一つであろう。パステルナークは、ラーラをマグダラのマリアに重ね合わせ、肉欲の懊悩を浮き彫りにする。ことに、「夜になれば、私の悪魔が現れる」に始まる詩「マグダラのマリアⅠ」は、マリアというより、ラーラそのものである。詩は次のように終わっている。

教え給え、罪が何ほどのもの
死も、地獄も、硫黄の火もままよ、
限りない悲しみのなかで、私とあなたが
若枝が木に寄りそうように
衆人の目の前で体合わせるそのときに。

そして、キリストよ、そのおみ足を
わが両膝で支え
四角い十字架の柱を
抱かねばならぬかも知れぬそのときに。
そして埋葬のため清められるみ躰（からだ）を
気を失いかけながらも焦がるそのときに。

信仰の対象としてイエスにつき従っていた聖書のなかのマリアとは違い、詩のマリアはイエスを一人の男性として愛している。詩人の描き出したマリアは聖書のマリアとは似て非なるものである。
では、なぜ、マグダラのマリアを素材として用いるのか。一つには、作者の描こうとした「道を踏みはずした美しい少女」の原型をマリアに求めたためであろう。そして、ラーラの煩悩がすべての女性の煩悩であることを暗示するためである。さらに重要なのは、聖書のキリストとマリアの解逅の挿話が「許し」をテーマにしている点である。放蕩息子が暖かく迎えられたように、罪深い故にマリアは大きな慰めを受けた。ラーラもまた、許され、慰められるというのである。

本篇のなかでは、さらに踏み込んだ作者の考えがジバゴの口から語られる。

正しいだけの女性は好きになれないよ。躓(つまず)いたこともなく、道を踏みはずしたこともないような女性はね。そういう美徳には血が通っているとは思えないし、高い価値も見出せなんだ。

つまり、躓きや汚点が、かえって女性を生き生きと輝かすというのである。ここには、キリスト教を離れたパステルナーク独自の美学がある。

滅びの運命

もう一つのテーマ、キリストの受難についての詩ではかなり忠実に福音書が辿られているが、やはり宗教的な詩ではない。ジバゴが物語で語った言葉と詩の中のイエスの言葉が重なる部分がある。ジバゴとキリストを重ね合わせるなど、宗教的見地からは畏れを知らぬ詩であろう。だが、作者は主人公が神の子イエスと同じだと言っているのではない。辱めを受け、十字架上で死ぬのを知っていて、ゲッセマネの園で血の汗を流して苦悩する人の子イエスの姿を借りているだけである。

イエスの受難をテーマにした詩を何篇か読むと、物語の中で釈然としなかったジバゴの生き方が明らかになる。成り行きまかせで、およそ意志らしい意志を感じさせぬ主人公であるが、己が滅ぶ運命にあることを誰よりもよく知っていて、苦悩しながらも進んで滅んでいくのである。

キリスト教においては復活が最大の出来事で、復活を信じることが信仰の柱である。しかし、ジバゴ詩集においては、詩「悪しき日々」や「ゲッセマネの園」で受難に向かうイエスが詳細に語られているのとは対照的に、復活については僅か一連にひっそりと綴られているだけである。詩「ゲッセマネの園」の最終連にはこうある。

私は墓に降り、三日目に立ち上がる。
多くの筏を川に流すように、
隊列を組んだ荷船のように、私の裁きへと
闇から幾世紀もがやって来るだろう。

ここには、復活したイエスの光り輝く姿も、人々の畏れるさまもない。復活は神の子イエスの領域であり、人間ジバゴには無縁である。ジバゴの復活はまったく別の形、つまり、彼の作品が人々に読みつがれることで実現されるしかないのである。

詩集『晴れわたるとき』

死後の出版

詩集『晴れわたるとき』は、一九四六年に出された第六詩集『夜明け前の列車にて』に続く詩集で一九五六年から死の前年の一九五九年までに書かれた詩を収めている。「ドクトル・ジバゴ事件」以降、創作はいっさい活字にならなかったから、国内での出版は詩人の死後、一九六五年の『ボリス・パステルナーク詩集』の刊行を待たねばならなかった。もっとも、三五篇のうち二〇篇は少しずつ雑誌に掲載された。詩人の生前に活字になった最後の詩は「文学グルジア」誌一九五八年四月号の「すべてが実現された」である。「文学グルジア」誌はこれ以前にも多数の掲載をしており、グルジアのジャーナリズムがパステルナークに好意的であり続けたことがよくわかる。

この詩集に収められた詩は、テーマも、現れている気分もさまざまで、大揺れだった詩人の晩年が垣間見えるようである。いっぽう、文体に関しては、一九四〇年以降模索されてきた格調高い平明さとも言えるものが定着し、一種の透明感が漂う。そのため、一貫したテーマがないにもかかわらず、全体として雑多な印象を与えないのである。

新しいテーマ

第六詩集『夜明け前の列車にて』から、信条や心境を語る詩が目立つようになってきたが、『晴れわたるとき』では、初めてこれらが中心に据えられた詩が見られる。詩「すべてにおいて行きつきたい」や「有名になることは醜い」はその代表的な作品である。

すべてにおいて行きつきたい
その本質まで
仕事でも、道の探求でも
心の乱れでも

流れ去った日々の核心まで、
それらの源まで、
根底まで、根源まで、
中心部まで。

たえず、運命と出来事の
脈絡をとらえ、
生き、思い、感じ、愛し、

発見を完成させること。

詩人は自分の性格について、よく「優柔不断である」という。伝記的事実を辿っていても、それを裏付けるような場面に出くわすことが多い。しかし、ときとして、驚くほど大胆でもある。一見、矛盾するような二つの側面はすべてにおいて根源にまで行きつきたいという願いで繫がっている。迷いや心の乱れにおいてさえも、そこから脱したり、それを断ち切ったりするのではなく、最後まで行きつきたいというのである。穏やかな外面の下に、炎のような激しさがある。壁を突き破るような強さがある。

詩は抽象的な事柄を扱っていながら、現実から乖離(かいり)していない。たたみかけるような文体と内容で、素直に力強く、読むものの心に訴えかける。

エピグラフ

詩集の題詩(エピグラフ)となっているのは、フランスの作家プルースト（一八七一―一九二二）の代表作『失われた時を求めて』の第二編「見いだされた時」の一説であり、原文のままとられている。

Un livre est un grand cimetière où sur la plupart des tombes on ne peut plus lire les noms effacés.（書物とは大きな墓地であり、多くの墓石に刻まれた人の名は、薄れて最早読めないのである）

この題詩(エピグラフ)にこめられた意味を解き明かすような詩がある。

わが心よ、愛するすべての人を悼む
泣き女よ！
おまえは生きながら責め殺された人々の
安息所となった。

彼らの身体に香油を塗り、
詩を捧げ、
すすり泣く竪琴をかき鳴らして、
彼らを偲んで悲しもう。

この詩「心」は原稿の段階では、詩「すべてにおいて行きつきたい」、「有名になることは醜い」に続く三番目の詩であったが、一九六三年の選詩集からは、はずされた。なくなった友人に捧げた詩は、マヤコフスキーをうたった「詩人の死」、自殺したN＝デメンチェフへの「夭折した友へ」などがあるが、これほどに赤裸々に語られたことはなかった。選詩集に入れられなかったのはそのためであろう。晩年の詩には「生きること」「生きてあれ」など、生き抜くことにこだわった詩句が至る所で見られるが、執拗に生を見つめねばならぬほど、身近に死があったということである。
振り返れば、死屍累々といった有様で、ごく親しい友人だけ挙げても、マヤコフスキー、ピリニャーク、ヤシュビリ、タビゼ、メイエルホリド、ツヴェターエワなど。かけがえのないものを失い、打撃を受け続けてきた人間が歌う悲痛な鎮魂歌である。
詩はつぎのように終わっている。

彼らの苦悩のすべてが
おまえを地にひれ伏させた。
遺体置場といくつもの柩の
埃と屍臭がおまえから漂う。
わが心よ、悲運の人々の眠る場所よ、
目にしたものすべてを
おまえは碾臼（ひきうす）のように粉に碾き、
混ぜ合わせてしまった。

さらに碾いてゆけ、
私に起こったすべてを。

四〇年にわずか足りぬこの歳月のように、
それらが墓場の腐土と化すまで。

「埃と屍臭がおまえから漂う」の詩句は、一連目の「生きながら責め殺された」の句と共に凄惨なイメージさえ与える。パステルナークらしからぬという人もあろうが、パステルナークだからこそここまで書いたのである。多くの人々に比べはるかに永らえたことに対する忸怩たる思いだけではない、悔み、悲しむだけでもない、現実を見据え、自分に起こるすべてから決して逃れまいという激しい詩である。

最終連の「四〇年にわずか足りぬこの歳月」に注目したい。「約四〇年」ではなく、わざわざ「わずか足りぬ」としたのはなぜか。詩が書かれたのは一九五六年である。四〇年前ならば一九一六年で、「わずかに足りぬ」なら一九一七年となる。つまり、詩人はこの詩でうたった歳月を厳密に一九一七年以降に限定したのである。一九一七年はいうまでもなく、革命の年である。「四〇年にわずか足りぬ」と書き、詩の終わりに「一九五六年」としるした。読みようによっては、これほど挑戦的な詩はない。ソヴェトとともに歩み、革命に正義と希望を見出そうとしてきた詩人の、最後の明白な意思表示である。

広々とした空の下で 心境を歌った詩は最後の詩集にかなり見られるが、一種の老いを感じさせる。敢えて書かずにはいられなかった切迫したものは伝わるが、パステルナーク本来のテーマといえるかどうか疑わしい。表題詩「晴れわたるとき」のようなのびやかな詩を読むと、詩人の感性が最大限に生かされるのは、やはり自然の中だと思える。

大きな池は皿のようだ。
その向こうには、切りたった山の氷の
白い魂がいっぱいに積み上げられた
厚い雲の層。

光の移り変わりで
森も色調を変えている。
燃え立つかと思うと、
一面の煤(すす)の暗い陰でおおわれる。

雨の日々も終わりに近づいて
雲間から青さがのぞくとき、

垣間見える空は、何と華やぎ、
草は誇らしげな喜びにみちることか。

遠方を吹き清めて、風はやんでいる。
太陽は地に充ち溢れた。
葉の緑は光を通し、
ステンドグラスのよう。

雨の後のありふれた風景である。特別なものは何もない。しかし、遠くの雲の輝くような白さと質量、光と影の交替、雲間に見える染みるような青、雨雲を追い払った風の流れを感知させるのにこれ以上の詩句があるだろうか。いつか見た、いつも見ている光景の美しさに息をのみ、雨上がりの陽光の中に立ったときの感覚、光が恵みに思える感覚が甦りはしないだろうか。

パステルナークの描く自然は、ごく身近でありながらパノラマのようにすべてを映し出す。横の広がりばかりではない、頭上はるか上空から足元まで縦にも広がり、近景から遠方まで続く。そして、人の心の喜ばし気な息づかいまでも伝えて、どこまでも果てしがないのである。

醜い太陽

「ドクトル・ジバゴ事件」の渦中でさえ、「雪が癒せないような苦悩はない」と手紙に書いたパステルナークであったが、すべての自然は万能の特効薬ではなかった。描かれる自然が詩人の感情によって色合いを変えるのは、初期詩だけの特徴ではない。詩「冬の祭日」に見られる太陽は、詩「晴れわたるとき」の太陽とはまるで別物のようだ。

太陽は沈もうとして、遠くから
酔いどれのように、
パンとコニャックのグラスに
窓から図々しく手をのばしている。

今しも、ならず者の太陽は、
そのむくんだ醜い顔を雪に突っこんだ
スグリ酒色の顔を、
沈み、ぶすぶすと燃え尽き、消えた。

ここでは、沈みゆく赤い夕日は美しくもなければ、感傷にひたらせるものでもない。詩は、「未来は期待薄だ／古いものも、新しいものも僅かしかない」の詩句で始まり、冒頭から投げやりな気分が漂う。一九五九年一月という日付から詩人の憂鬱な内面を推し測ることもできるが、歴史的背景を知らなければわからないという詩ではない。題名の「冬の祭日」や詩のなかの「もみの木」からわかるように、一月七日に祝われる旧暦のクリスマスである。「泊ることになった客たちは／朝食を寝過し、昼食を食べている」という詩句から、太陽が「酔いどれ」の訳とわかる。前夜の酒にしたたかに酔った客たちは寝過す。朝食抜きの遅い昼食。ロシアでは昼食が正餐で、二時か三時である。冬の日没は早く、四時には暗くなるから、食事をする間にも太陽は沈んでいく。

思いがけず寝過して、その日はじめて見る太陽がすでに傾いているのを目にしたときのけだるい、絶望的な気分。ところが、祭日の間は続けて飲みかつ食べるロシアの風習にのっとり、テーブルの上にはまたもや「コニャックのグラス」が並んでいるのである。「むくんだ醜い太陽」「スグリ酒色の太陽」は客たちの顔とも重なり、主人公の物憂い孤独を際立たせている。

パステルナークは一九四〇年を創作上の一つの分岐点と考え、それ以前の詩は「嫌いである」（『人々と状況』）と述べている。確かに後期の詩はイメージが氾濫するような初期の詩とは違う。しかし、自然と主人公の気分が分かちがたく結びついて、互いに影響を及ぼし合って詩的世界が創り上げられているという点においては変わるところがない。それは自然と人間とが織りなす複雑で魅力に溢れた世界である。

詩人の愛

第五詩集『第二の誕生』で見られたいくつかの例外を除いて、愛はいつも控え目な語り口で表されてきた。しかし、そのことで二義的なものという印象を与えることはなく、隠された大きさが計られるような愛であった。パステルナークの詩は「愛」の要素を抜きにしては語り尽くせない。それは男女の愛である。そして、どんな状況に置かれようと翳りのない、おおらかな愛である。

詩集『晴れわたるとき』は、『わが妹人生』のように、全篇が一つの愛の物語になっているわけではない。『第二の誕生』のように、愛が高らかに歌われているわけでもない。愛をテーマにした詩は僅かである。だが、質的な変化はない。

詩「イヴ」の最終三連目をみてみよう。

おお、女よ、きみの姿と眼差は、
けして私を追い詰めない。
きみの全身は、興奮でしめつけられている喉が、
叫びを押さえられているようだ。

いつでも、詩人の描き出す女性はきわめてリアルである。この詩でも、「喉」という肉体の一部分が、あざやかに全身を浮かび上がらせ、血の通った一人の女性が立ち現れる。愛する女性が詩作

に結びついていくのも、パステルナークに特有の展開である。

きみはまるで草稿のようで、
別の作品群からとられた詩行のようで、
夢まぼろしではなく
私の肋骨から生まれたようだ。

「草稿のようで」は、詩想のままに湧き出した原初のエネルギーを女性に重ね合わせているのである。そして、その女性の存在は「別の作品群」からとられたように秩序をわきまえぬものであるが、「私」の身体の一部のようになじみ深い。最終連では、詩作の世界から再び現実に戻り、残されたぬくもりまでが伝わるようである。

そしていま、両腕を振りほどき、
抱擁からすべり抜けた、
きみは、困惑と驚きそのもの
男の心をしめつけるもの。

「有名になることは醜い」と綴った六十六歳の詩人と、「きみは、困惑と驚きそのもの／男の心をしめつけるもの」と書いた詩人は同一人物であるとは思えないほどである。恋を知りはじめた青年のように初々しい。巡り来る春がその度ごとに初めてで、喜ばしいものであるのと同じに、詩人にとって愛はいつでも、新しく五感を刺戟し、驚きを呼び起こすのである。

愛と性

詩集は詩「二度とない日々」で終わっている。パステルナークの愛の形が表された、締めくくりにふさわしい詩である。

最終三連を引用しよう。

冬至の日々をすべて覚えている。
冬はなかばにさしかかり、
道は濡れ、屋根からはしたたり落ちる、
そして、太陽は氷の上であたたまっている。

そして、恋人たちは、まどろみながら、
急いで互いに手を差しのべ、
木々の高みでは、

むく鳥の巣箱が、暖かさで汗ばむ。

そして正午を指す時計の二つの針は
文字盤を回るのが面倒で、
一日は一世紀よりも長く、
抱擁は終わらない。

冬至のモスクワといえば、朝は一〇時にならなければ明るくならないし、午後は三時頃からたそがれる。気温は氷点下をゆうに越える。しかし、この詩は寒さではなく暖かさを歌った詩である。詩全体を支配しているのは、抱擁の暖かさなのである。

愛する者たちは、まどろみのなかでも抱き合い、暖め合う。それが、身を寄せ合うむく鳥たちの巣の暖かさ、正午の日差しの暖かさに重なるのである。引用した詩連に先立つ二連目は「ぼくらにはときが止まったかのように思える／二度とない日々が／全体の順番を／少しずつ作り上げる」となっている。「ときが止まったかのように思える」は最終連の「文字盤を回るのが面倒」な「時計の針」や「一世紀より長い一日」に繋がり「抱擁」へと導かれる。つまり、二度とない日々は愛の日々で、抱擁は、ときが止まったかのように、一世紀よりも長く果てしなく続くというのである。何という力強い愛の詩であろう。繰り返し書かれてきた愛のテーマが、この最晩年の詩に完璧な形で現れたようだ。心だけではない、官能だけでもない。愛は性に結びつき、性は愛なしでは存在しえない。人は愛し合い、睦み合ってときを重ねていくのだという確信にみちている。

この詩を読むと、パステルナークは二〇世紀の、まぎれもないソヴェトの人間だと思わずにはいられない。詩集『晴れわたるとき』の背後には長年の愛人イヴィンスカヤがいる。ところが、詩に示された愛は、私生活での葛藤など微塵も感じさせないほどに屈託がない。詩人とキリスト教との結びつきがとかく云々されるが、彼が敬虔なクリスチャンだったとは到底、考えられないのである。一九世紀生まれのロシアの世界的作家レフ゠トルストイ。父レオニードが敬愛した巨匠をパステルナークも愛し、トルストイ的な生活秩序を終生、重んじていた。しかし、トルストイが溢れる活力に恵まれながら、長い間、情欲と戦い、ついにキリスト教的道徳の下に性を封印したのとは大きな隔りがある。

また、年齢の常識からも解き放たれている。七十歳を少し越えたゲーテが「老人よ、まだやまないのか／またしても女性」と、自分の恋を自嘲気味にうたったのに比べ、六十九歳のパステルナークは常に前向きで、恥じるところがない。

心と体の豊かな力が、押しとどめられることなく、歪められることもなく表現されている。称賛と迫害に揉まれながらも、六十九歳にしてこのような愛の詩を生み出せた一点において、彼は幸せだったに違いない。

X　エピローグ

死ぬまでの日々

事件の余波　ノーベル文学賞を契機にした非難キャンペーンが一九五八年一一月なかばに収まったあとも、詩人の生活は依然として不安定であった。ペレデルキノの家から追い立てられることはなく、翻訳の契約がキャンセルされることもなかったものの、翻訳料が支払われなくなったのである。この状態は翌一九五九年まで持ち越された。二月初め、彫刻家マースレンニコワは詩人と次のような会話を交した。

——何も変わっていません。前よりはっきりしたことは一つもなくて。相変わらず、払ってもらえないです。スロヴァツキを翻訳したんだけれど。

――支払いは？

――ありません。

――だって、契約があるじゃありませんか。

――キャンセルされてはいない。でも、金はくれない。ジナイーダ名義の預金があるのだけど、もう、それに手をつけました。

（『ボリス・パステルナークの肖像』）


このあと、パステルナーク夫妻は政府の意向を受けてグルジアに出掛けた。イギリスの首相が訪ソすることになり、その際、『ドクトル・ジバゴ』の作者との面談を望んでいるという噂が流れた。ソヴェト政府はパステルナーク非難キャンペーンが失敗だったことに気付いていた。公式の除名や批判にもかかわらず、とくに若い世代のあいだで詩人に対する興味と人気は高まったのである。いまここで会談を許可し、詩人が世界の注目を浴びるのも、それを禁じて、再び悲劇の人と宣伝されるのも好ましくなかった。無用の騒ぎを避けるには、当の本人がモスクワにいないことが何より都合がよかったのである。

当初、ボリスは気が進まなかったが、グルジアは彼を暖かく迎えた。「『ドクトル・ジバゴ』事件」のときも、グルジア作家同盟は中央の意向を無視し、パステルナーク非難の決議は出さなかったのである。二月中旬から約三週間グルジアに滞在し、モスクワに戻った。しばらくして翻訳料が支払われるようになり、中止されていたパステルナーク訳の『リア王』が上演されたのは五月のことであった。

生活は以前のように翻訳料と翻訳劇の上演料で維持されたが、事件以後、死ぬまで新たな詩は発表されなかった。

再び創作へ

生活の安定とともに、創作意欲も復活した。インドの詩人タゴール、チェコ詩人ネズヴァルらを翻訳する傍ら、新たに、帝政ロシアの農奴の少女を主人公とした戯曲『盲目の美女』を書き始めた。

ノーベル賞事件を契機に世界各国の人々との文通が始まり、一一時の遅い夕食後の時間がそれにあてられたため睡眠時間が削られた。多忙だったが、生活は規則正しく流れた。事件のとき、イヴィンスカヤは詩人の代わりに作家同盟の集会に出席したり、中央委員会のポリカルポフに会うなど秘書的な働きに奔走した。愛人との関係は親密であった。妻の怒りがとけることはなかったが、ペレデルキノでの生活も、季節の行事も滞りなく行われた。八月にはいつものように、妻とキノコ狩りに出掛けた。

イワノフ夫妻の息子ヴィチャスラフの誕生日に出した手紙は次のようなものである。

親愛なるタマーラとフセヴォロド

ショーロホフ（1905―84）

コーマ（ヴィチャスラフの愛称＝筆者）のお誕生日おめでとう。お招き感謝します。残念ながら、私たちは行かれそうにありません。うちでもやはりキノコ狩りにでかけ、遅く戻ったのです。採るのは大変で疲れました。ぼく自身、ちょっと気分も悪いものですから。

つつしんで　　お二人のB＝P

一九五九年八月一五日

恐怖の後遺症

経済状態は一応、安定し、新しい作品も書き進められていった。作家同盟から除名された以外、すべてはもと通りのように見えた。しかし、ノーベル文学賞を巡る大騒ぎや不本意な手紙を書いたことは、確実に詩人を消耗させていた。

九月、ボイス・オブ・アメリカ放送にソヴェト文壇の重鎮M＝ショーロホフが登場し、パステルナークについて触れた。放送を聞いた女流彫刻家のマースレンニコワは、詩人にそれを伝えたときの様子を記している。新たな攻撃を予感して、詩人の顔にたちまち緊張と恐怖が現れたので、取り立てて悪いことは何も言わなかったと彼を安心させなければならなかった。ショーロホフは、「パステルナークが世捨て人のように暮らしているので、自分は彼の友人ではない。そのことは彼にとって損失だが、自分にとっての損失ではない」と述べただけだった。そう伝えられてもなお、「非難するようなことは、何も言わなかったんだね」と念を押したという。

これまでソヴェトの作家が公式に口を開けば、きまって悪口雑言だったので、ショーロホフの発言は良い変化だとマースレンニコワは考えたのだった。これにたいする詩人の意見は断固たるものだった。

「いいや、どんな譲歩もありえない。良い変化はあるだろうけど、こんなに早くじゃない、しかも、私たちが期待していないところから来るだろうね」(『ボリス・パステルナークの肖像』)

発病

一九六〇年をパステルナークはイワノフ家で迎え、祝った。事件以来、詩人と親しくする文学者はさらに少なくなったなかで、イワノフ夫妻は変わらぬ友情を示していた。新しい年に入り、家に寝泊りしていた客に引きとってもらい、仕事に集中した。客あしらいのよいボリスにしては異例のことである。こうして戯曲の第一幕は完成し、引き続いて二幕目の執筆と翻訳をした。せくような仕事ぶりであった。二月一一日、七〇歳を迎えたが、誰もが驚くほど若々しかったという。

変化は突然やって来た。復活祭の四月一七日、ドイツの翻訳家L＝シュヴァイツァーが、ペレデルキノにやってきた。詩人はシュヴァイツァーを自宅とイヴィンスカヤの家の両方に案内し、大いに飲みかつ食べた。ところが、シュヴァイツァーを駅まで送って自宅に帰ってきたとき、顔面は蒼白であった。「なんて重たいオーバーだろう」、玄関の間で詩人は呻いた。

三日後の四月二〇日、家族に不調を訴えた。すでにこのとき、パステルナークは病気の正体に気付いていて、訪れていたタビゼ未亡人に言った。「ジナイーダと息子のレオニードを驚かせないでほしい。でも、ぼくは癌に間違いないと思う、肩甲骨がひどく痛むんだ」

やっとの思いでイヴィンスカヤを訪れたのはその三日後で、これが最後の出会いとなった。病人は頑として入院を拒み、さまざまな医師が診察にあたったが、病名は定まらなかった。ただ一人、パステルナークだけは癌を確信し、見舞いに来た友人アスムスに肺癌だと告げた。終始、はっきりした意識が保たれたなかで病状は一進一退していたが、衰弱が進んでいった。移動レントゲンによって、肺癌が発見されたのは五月二六日で、すでに輸血以外の治療方法はなかった。


最後の日　五月三〇日はおだやかに目覚めた。妻に身づくろいを頼み、髪をとかしてもらうほどであった。しかし、そのあと、ボリスは言った。

「さて、お別れだね」

午後の輸血の際、吐血。夜九時半、妻が呼ばれた。パステルナークは言った。

「人生ときみをとても愛しているけれど、お別れをするのは少しも悲しくないよ。この国だけじゃなく、世界中、まわりには俗悪なことが多すぎるからね。いずれにせよ、ぼくはそういうことを受け入れられないんだ」

息子のエヴゲーニィ、レオニード、義理の息子スタニスラフが部屋に入った。詩人は海外にある『ドクトル・ジバゴ』の印税について心配していて、イギリス在住の妹リディアに任せるよう指示した。然るべき生き方をしてほしいと言ったあと、もっとそばに寄るよう頼み、第二の生活をもっていたことで非難しないでくれと囁いた。ひと言ずつ、息は弱まっていった。息子たちに別れを告げたあと、看護婦のマルファに明日の朝早く、窓を開けるのを忘れないで、と頼んだ。これが最後の言葉となった。

午後一一時二〇分、ボリス＝パステルナークは息をひきとった。

死後の評価

ペレストロイカ

一九六四年にフルシチョフ書記長が失脚した後、停滞の時代といわれたブレジネフ書記長の時代が一八年間続いた。その後、アンドロポフ、チェルネンコと目まぐるしく政権が交替した。ソヴェト最後の書記長Ｍ＝ゴルバチョフが登場したのは一九八五年三月である。この年あたりから、若手の文学者ヴォズネセンスキーらを中心にパステルナークの復権を求める声があがり始めた。

一九八六年、ソ連だけではなく、世界を震憾させたチェルノブィリ原発事故を契機にゴルバチョフは、情報を公開し、硬直した経済を建て直すグラスノスチ・ペレストロイカ政策をとり、言論の自由化を推し進めた。ソヴェト文学界は活発に動き始めた。同じ年の六月、第八回作家大会では、文芸学者リハチョフらから『ドクトル・ジバゴ』の刊行が提案された。翌一九八七年二月、作家同盟は一九五八年のパステルナーク除名決議を正式に取り消した。三〇年ぶりの復権である。一九八八年、「新世界」誌の一月号から四月号についに、小説『ドクトル・ジバゴ』が掲載された。パステルナークについて、過熱とも思われる称賛の声が国中に広がった。一九九〇年の詩人の生誕百年に向けて、前年の八九年一二月には『パステルナークの世界』と題された演奏会が開かれた。生誕百年祭はボリショイ劇場で行われたというのだから、まさに隔世の感である。また、ペレデルキノの家は、記念館としての体裁が整えられ、一九九〇年にオープンした。

ソヴェト連邦の崩壊　——良い変化はくるだろうけど、こんなに早くじゃない。しかも、私たちが期待していないところから来るだろうね。マースレンニコワにこう言ったとき、パステルナークの頭に何が浮かんでいたのだろうか。

ゴルバチョフの改革は、経済的には失敗し、政治的には改革派と保守派の激しい対立を招き、かえってソ連邦の死に体をさらけ出す結果に終わった。かつて、人類の夢と希望の象徴と思われたこともあった世界最初の社会主義国家ソヴェト社会主義共和国連邦は、一九九一年、崩壊した。社会主義国家ではない、さりとて、西欧的な自由主義国家でもない、ロシアの行く手はいまだ混沌としている。

しかし、パステルナークが売国の徒でもなく、英雄でもなく、一人の詩人、作家としてロシアにおいても冷静な評価を受ける日がまもなく来るであろう。体制が変わったいまも、パステルナーク記念館はペレデルキノの緑の中にひっそりと建っている。

おわりに

一九九五年八月、十二年ぶりでロシアを訪れる機会を得た。モスクワをぐるりと囲む「黄金の環」と呼ばれる古都のうちのウラジーミルとスーズダリに滞在した後、南に転じ、レフ＝トルストイの眠るヤースナヤ・ポリャーナを訪れた。その後、モスクワに戻り、ペレデルキノの駅に降り立った。市中心部から郊外電車で約三〇分である。ファースト・フードや外国資本のスーパーの進出ですっかり様変わりした市内の目抜き通りとは異なり、ペレデルキノのプラットホームは昔のままであった。白いペンキの塗られた柵、木造の小さな待合所。唯一つの変化は、ホーム端の柱に小さな看板が掲げられたことである。そこには、こう書かれている。

「パステルナーク記念館、開館日、木、金、土、日、十時から一六時」

ペレデルキノには数回、来ていたが、記念館となった別荘に足を踏み入れるのは初めてのことで、少し興奮した。木の階段を二、三段昇ったところの小さな扉を開けると、受付の老婆とメフィストフェレスを連想させる鉤鼻のガイドがいた。

雨のせいか、館内には誰もいない。ガイドのあとについて、板張りの館内を歩く。雲をつくような大男である。庭に面した食堂。壁にはレオニード＝パステルナークのデッサンが飾られている。白いクロスのかかったテーブルも椅子も食器棚も、生前に撮影された写真のままである、このテーブルを囲み、児童文学者チュコフスキーらとともに、ノーベル賞受賞を祝って、パステルナークはグラスをあげたのである。

二階には書斎。素朴な木の机と小さな鉄製のベッド。これらも詩人とともに写真に収まっていたものだ。ガイドは素晴しい美声の持ち主で、説明しながら、次から次へとパステルナークの詩を朗読する。別荘を取り囲む、目に染みるような緑。明るい空から降り注ぐ激しい雨。雨音に重なる朗読の声。まさしくパステルナークの世界である。

階下に戻って通された小部屋は、詩人が発病して階段を降りられなくなってから死ぬまでの間、使われていた。青紫の小花を散らしたベッドカバーで覆われ、その上にドライフラワーが置かれている。葬儀のとき、亡骸はここに横たえられ、別れを告げにきた人々を迎えたのである。その間、ネイガウスの次男スタニスラフ、スヴャトスラフ＝リヒテル、ユージナらが交替でピアノを弾き続けた。そのグランド・ピアノの置かれたジナイーダの部屋が小部屋に続いている。ピアノの脇にはジナイーダの小さなベッド。

窓から隣家が見える。ノーベル賞事件を契機にパステルナークと袂を分かった作家フェージンのかつての別荘であり、いまは、詩人ヴォズネセンスキーが所有している。

それを思うと実に感慨深い。パステルナークの死後三〇年、よくぞ、別荘が手つかずで残ったものである。ジナイーダ、弟のアレクサンドル、長男エヴゲーニィら、遺族の頑張りもあった。しかし、もし国家が本気で反逆の詩人パステルナークの痕跡を消そうとしたなら、造作もないことである。実際、ブレジネフ政権末期に別荘からピアノが運び出される騒ぎがあり、天才詩人の別荘もこれまでかと思われたのだ。その後、いつとは知れずピアノは戻され、別の作家に貸与される話は立ち消えになった。決定機関にいた誰かが、反対するか、決定を遅らせるかして、別荘を守り抜いたのである。公的には詩人とすら認められなくなったパステルナークの才能を理解し、愛した名もない人々。こういう人々がロシアの文化を支えてきたのであろう。

ロシアが急激に変わりつつあることはすでに述べて来た通りである。本来、国立図書館やパステルナーク記念館に収められるべき、詩人のイヴィンスカヤに宛てた手紙がロンドンで競売に出されたという昨一一月のニュースには、改めて変化を痛感させられた、それでも、芸術を愛し、貧しくても鈍しない人々も大勢いて、この点において、ロシアはいまなお輝いていると信じたい。

パステルナークの生涯もその思想もあまりに巨大で、力不足を感じながらの仕事だったが、彼の言葉や作品に励まされるところもあり、ようやくここまで辿りついたという感じである。御意見、御批判には率直に耳を傾けたい。

本書を書くよう勧めて下さったのは、早稲田大学文学部教授であった故新谷敬三郎先生である。

貴重な助言も頂戴した。原稿が遅れ、本書をお見せできないのが残念であり、心苦しい。ここで心からの感謝とお詫びを申し上げたい。また、出版にあたっては、清水書院の渡部哲治、徳永隆、村山公章の三氏に大変お世話になりました。心からお礼を申しあげます。

一九九七年七月

パステルナーク年譜

西暦	年齢	年譜	背景をなす社会的事件ならびに参考事項
一八九〇年		1・29、画家レオニード＝パステルナークとピアニスト、ロザリアの長男として、モスクワに生まれる。	ロシア地方自治法改変、農民は地方議会議員の選挙権を失う。
一八九三	3	2月、弟アレクサンドル生まれる。 『戦争と平和』の挿し絵コンクールで父レオニードの絵がトルストイの称賛を受け、以後、トルストイ作品の挿し絵を手がけるようになる。トルストイ家との家族ぐるみの交際が始まる。	マヤコフスキー、シクロフスキー生まれる。 チェーホフ『サハリン島』ニーチェ『ツァラトゥストラかく語りき』
一八九四	4	父がモスクワ絵画・彫刻・建築学校の講師になり、一家は学校付属の官舎に移る。	ロシア皇帝、アレクサンドル三世死、ニコライ二世即位 日清戦争（〜九五）。
一八九五	5	両親の故郷オデッサで夏を過す。従妹オリガ＝フレイデンベルグと遊ぶ。	エセーニン＝ゾーシチェンコ生まれる。
一八九九	9	冬、母親から読み書きを習い始める。	トルストイ『復活』

一九〇〇	10	妹、ジョセフィーヌ生まれる。 父と交遊があったリルケと初めて会う。	フロイト『夢判断』 ワイルド、ニーチェ死。 第二インターナショナル五回大会、パリで開催。
一九〇一	11	モスクワ第五古典中学二年に編入。	チェーホフ『三人姉妹』 マン『ブッデンブローク家の人々』
一九〇二	12	妹、リディア生まれる。	日英同盟（〜二一）。 シベリア鉄道全線開通。
一九〇三	13	モスクワ郊外オボレンスコエ村でスクリャービンと出会い、魅了される。 8月、裸馬から落ち、右足骨折。後遺症で右足がわずかに短くなる。	バクーでストライキ、蔵相ウィッテ解任。 ブリューソフ『都市と世界に』 バリモント『太陽のようになろう』
一九〇四	14	音楽家エンゲリに師事して作曲法を勉強し始める。 スクリャービン、スイスに発つ。	日露戦争勃発（〜〇五）、内相プレーヴェ暗殺。 ブローク『美しき貴婦人の歌』 チェーホフ『桜の園』
一九〇五	15	労働者と学生のデモ全国に広がる。絵画・彫刻・建築学	第一次ロシア革命。一月、「血の日曜日」

		校、第五古典中学校も閉鎖される。学生デモに参加。12月、モスクワのゼネストの最中、ゴーリキーが訪れる。その後ゴーリキーは逮捕されるが、国際世論の非難を浴びた政府は釈放を決める。	事件、五月、旅順陥落。6月、戦艦ポチョムキンの乱。ペテルブルグにソヴェト結成。皇帝の「十一月宣言」。モスクワでゼネスト。
一九〇六	16	革命の混乱を避け、家族とベルリンへ。ドイツの文化に親しむ。ワーグナーに熱中し、ホフマンを愛読する。	7月、ストルイピン、首相となる。ブローク『見知らぬ女』
一九〇七	17	ゴーリキーに再会、父は作家の肖像画を描く。象徴主義の芸術サークル「セルダルダ」に参加。即興でピアノを弾く。	社会民主党国会議員逮捕、ペテルブルグで抗議デモ。アルツィバーシェフ『サーニン』
一九〇八	18	モスクワ第五中学を首席で卒業。この頃から音楽に限界を感じる。モスクワ大学法学科に入学。	オーストリア、ボスニア・ヘルツェゴヴィナを併合。ジンメル『社会学』
一九〇九	19	帰国したスクリャービンと会う。音楽を断念。歴史哲学科に転科する。挫折感から生活が荒れ、父親との対立激化する。	伊藤博文、ハルピンで暗殺される。ロープシン『蒼ざめた馬』
一九一〇	20	11月、トルストイ死の報を受け、父とともにアスターポヴォ駅に向かう。父は文豪の死顔をスケッチする。	日韓併合。ベールイ『銀の鳩』

一九一一	21	8月、パステルナーク家、学校所有のワルホンカ通りのアパートに引越す。	ツヴェターエワ『別離』 9月、ストルイピン暗殺。 中国、辛亥革命。
一九一二	22	4月、留学のためドイツ、マールブルグへ発つ。マールブルグ大学、新カント派コーエン教授の講義を受ける。 6月、ヴィソツカヤ姉妹の訪問を受ける。姉イーダに求愛するが拒否される。オリガ＝フレイデンベルグの訪問を受ける。 哲学への熱がさめる。イタリア旅行を経て、8月に帰国。 本格的に詩作を始める。	4月、シベリアでスト中の労働者射殺さる。抗議スト。 ボリシェヴィキ党結成。非合法新聞「プラウダ」刊行。 第一次バルカン戦争。 アフマートワ『夕べ』 マンデリシュターム『石』 アフマートワ、グミリョフ、マンデリシュタームらアクメイズム唱える。 フレーヴニコフ、クルチョーヌイフ、マヤコフスキー、ブルリューク「社会の趣味への平手打」発行。未来主義を宣言。
一九一三	23	2月、文学サークルで「象徴主義と不死」を報告。 モスクワ大学歴史哲学科卒業。職なく家庭教師で生計立てる。レビャージ通りのアパートで一人暮らし。処女	第二次バルカン戦争。 グミリョフ『ロシア・シンボリズムの遺産とアクメイズム』

一九一四	24	詩集『雲の中の双生児』。 1月、ボブロフ、アセーエフらと未来主義グループ「遠心分離機」結成。グループ「ギレア」と対立。 5月、「ギレア」のマヤコフスキー、クルチョーヌイフらと対決、和解。マヤコフスキーと交遊始まる。シニャコーヴァ姉妹のアパートに出入りする。	プルースト『失われた時を求めて』 ロレンス『息子と恋人』 第一次世界大戦勃発、ドイツ、ロシアに宣戦。 レーニン、オーストリア当局に逮捕さる。釈放後スイスへ。
一九一五	25	ドイツ人家庭、フィリップ家で住み込みの家庭教師をする。アセーエフ、フレーブニコフらと共に、シニャコーヴァ姉妹の故郷ハリコフで過す。 散文『アペルスの線』執筆。	ツィメルヴァルト社会主義者国際会議にレーニン出席。 マヤコフスキー『ズボンをはいた雲』
一九一六	26	1月、ウラル地方ペルミへ。父の知人の家で半年過す。ピアノの練習を再開するが失敗。一旦モスクワへ戻り、12月再びウラルへ。軍関係の事務に従事。 創作意欲高まり、ウラル詩篇を書き上げる（翌年の詩集『障壁を越えて』に収められる）。	ラスプーチン暗殺さる。 アインシュタイン、相対性理論発表。 カフカ『変身』 レーニン『帝国主義論』
一九一七	27	3月、二月革命の報を受け、ウラルから橇（そり）と列車を乗り継いでモスクワに戻る。	1月、「血の日曜日」12周年記念デモ。 3月、二月革命。ニコライ二世退位。戦争

年	年齢	事項	世界の出来事
		エレーナ＝ヴィノグラードと恋愛。夏、恋人を追って南ロシアへ。恋愛は破局。第三詩集『わが妹人生』をほぼ書き上げる。 11月、一〇月革命。マヤコフスキー、ブロークらボリシェヴィキの呼びかけた芸術家会議に参加（ペテルブルグ）。パステルナークはモスクワで革命を肯定的に受け止める。	は続行。 4月、レーニン、スイスより戻り、「四月テーゼ」発表。 7月、ケレンスキー内閣。 11月、ボリシェヴィキ武装蜂起。ソヴェト政権樹立。 ツヴェターエワ『白鳥の陣営』 ヴァレリー『若きパルク』
一九一八	28	1月、象徴主義と未来主義の会に参加。参加者は他に、バリモント、ベールイ、マヤコフスキー等。 中編『リュベルスの幼年時代』に着手。短編『トゥーラからの手紙』書き上げる。（出版は一九二二年） 『アペルスの線』発表。 内戦のためモスクワの食糧事情悪化。夏、郊外に別荘を借り自給自足の生活。 両親の住居、共同住宅となり、同じフラットに数家族が同居。創作活動を中断して家計を助ける。 冬、風邪から肺炎になる。	3月、ドイツと単独講和（グレスト・リトフク条約） 反革命軍、各地で蜂起しイギリス、フランス、アメリカの干渉軍侵入。首府モスクワへ移転。 4月、日本軍、ウラジオストークに上陸。ルーマニア、ドイツ、トルコ侵入。 5月、チェコ軍と戦闘。 11月、ドイツ革命。第一次世界大戦終結。 ブローク『一二』

年	年齢	事項	一般事項
一九一九	29	マヤコフスキー、アジプロ列車で全国を巡り、赤軍への支援訴え、タス通信の前身ロスタで働く。ロスタに誘われるが断わる。 翻訳の他、鉄道新聞に勤務。	3月、第三インターナショナル結成。 ヴェルサイユ条約調印。 ヴァイマール共和国成立。
一九二〇	30	美術界、タトリン、マレーヴィチらモダニストらが主流派となり、父レオニードの立場悪くなる。 国立出版所と詩集『わが妹人生』、『主題と変奏』の出版契約結ぶ。	国際連盟成立。 赤軍、各地で勝利し外国の干渉軍すべて撤退。 ザミャーチン『洞窟』
一九二一	31	両親と二人の妹、ベルリンに合法的に出国。 画学生でペテルブルグ出身のユダヤ人エヴゲーニャ＝ルリエと知り合い、恋仲になる。 文学グループ「セラピオン兄弟」結成（ザミャーチン、ゾシチェンコ、チーホノフ、Ｆ＝イワノフ、フェージンら）。パステルナークはセラピオン兄弟と親交深める。	穀物調達に農村の暴動広がる。 国内飢饉深刻となり、レーニン新経済政策を導入。 グミリョフ逮捕、銃殺さる。 分派活動禁止決議採択。 ブローク死。
一九二二	32	エヴゲーニャとペテルブルグでユダヤ式結婚。 『わが妹人生』出版（グルジェビン社）され、高く評価される。『リュベルスの幼年時代』出版。	レーニン倒れる。スターリン書記長となる。 独・露、ラッパロ条約締結。 12月、ソヴェト社会主義共和国連邦樹立が

一九二三	33	8月、創作に専念するためベルリンに発つ。ベルリンですでに亡命していたベールイ、エレンブルグ（後に帰国）、A＝トルストイ、ツヴェターエワらに会う。 3月、ベルリンでの創作活動を断念して帰国。 文学グループ「芸術左翼戦線」に参加。文学仲間に叙事詩『崇高なる病』読む。 長男エヴゲーニィ生まれる。	宣言される。 フレーブニコフ死。 ピリニャーク『裸の年』 プロレタリア作家同盟ワップ結成。グループ「一〇月」が、雑誌「哨所にて」刊行。 日本、関東大震災。
一九二四	34	1月、レーニンの葬儀に参加。 ワップの同伴者作家攻撃激化。同伴者は党に提訴。パステルナークも「哨所にて」誌でペルツォフから批判されるが中立保つ。「党の文芸政策をめぐる討論会」開催	レーニン死。スターリンの排除を求める遺書公開されず、スターリンとトロツキー対立深まる。 ザミャーチン『われら』 マン『魔の山』
一九二五	35	『崇高なる病』、短編『空の道』 二月革命に関する資料集め始め、叙事詩『一九〇五年』の執筆にかかる。 党中央委員会決議「芸術文学の領域における党の政策について」発表。 ロシア・プロレタリア作家協会ラップ結成さる。	日ソ基本条約。国交回復。エセーニン、ロープシン自殺。 ゴーリキー『クリム・サムギンの生涯』 シクロフスキー『散文の理論』 エイゼンシュテイン映画『戦艦ポチョムキ

年	年齢	事項	世界の出来事
一九二六	36	短編小説集『空の道』（『アペルスの線』、『トゥーラからの手紙』、『リュベルスの幼年時代』、『空の道』）。『一九〇五年』発表。『シュミット大尉』一部発表。文学界に融和の空気広がる。パステルナーク、ラップの『文学哨所』誌のインタビューを受ける。ツヴェターエワとリルケと文通。妻と不和。リルケ死。	ン』 トロツキー政治局員解任。 バーベリ『騎兵隊』 ヘミングウェイ『日はまた昇る』
一九二七	37	『一九〇五年』、『シュミット大尉』完全版出版。マヤコフスキー、アセーエフ、シクロフスキーら新レフ結成。パステルナークの名を本人の承諾なしで使用。	土地所有禁止法案発表。 トロツキー除名。 バフチン『ドストエフスキー論』 ハイデッガー『存在と時間』
一九二八	38	叙事詩の刊行により、国内での評価高まる。健康状態悪化。妻は結核発病、コーカサスで静養。	ネップ政策終わり、第一次五ケ年計画始まる。 ロレンス『チャタレイ夫人の恋人』
一九二九	39	ラップの同伴者作家への攻撃はじまる。パステルナークはピリニャーク、ザミャーチンらを支持。中編『物語』発表。初期詩集『障壁を越えて』	トロツキー国外追放。 世界恐慌始まる。 コクトー『恐るべき子供たち』
一九三〇	40	マヤコフスキーの自殺に衝撃受ける。執筆中の『安全通行証』に影響。夏、アスムス夫妻、ネイガウス夫妻と	ロンドン軍縮会議。 ヘッセ『知と愛』

一九三一	41	イルペニで過す。ネイガウスの妻と親密になる。韻文小説『スペクトルスキー』完成。夏から秋、ネイガウスの妻ジナイーダとグルジアへ。ポロンスキー「新時代」誌編集長解任さる。パステルナーク、ラップの攻撃の的となる。韻文小説『スペクトルスキー』完成。エッセイ『安全通行証』出版。	満州事変。ザミャーチン亡命。バーベリ『オデッサ物語』バック『大地』
一九三二	42	妻との関係に悩み自殺計る。エヴゲーニャと正式離婚。4月、党中央委員会決議「文学芸術組織の改編について」発表。ラップ解散となる。夏、集団農場を視察する作家のツアーに参加、ウラルへ。詩集『第二の誕生』出版。	関東軍、ハルピン占領。ウクライナを中心に大飢饉。オストロフスキー『鋼鉄はいかに鍛えられたか』
一九三三	43	マンデリシュタームからスターリンを揶揄した詩を聞く。『安全通行証』発禁処分となる。	ドイツ、ヒトラー首相となる。日本、ドイツ国際連盟脱退。
一九三四	44	ジナイーダ＝ネイガウスと正式に結婚。5月、マンデリシュターム逮捕。この件でスターリンからパステルナークに直接電話がかかる。8月、第一回作家大会。作家同盟結成。パステルナーク、	第一七回党大会、第二次五ケ年計画。インド、ネルー社会党結成。12月、キーロフ暗殺事件。ミラー『北回帰線』

年	年齢	事項	社会の出来事
		ブハーリンから称賛される。社会主義リアリズム提唱される。	
一九三五	45	バーベリと共にパリの反ファシスト会議に出席。翻訳『グルジア詩集』出版。	ジノヴィエフ、カーメネフ逮捕。モスクワ裁判。党内粛清始まる。
一九三六	46	ペレデルキノ作家村に別荘を割り当てられる。フォルマリズム批判始まる。大粛清始まりマンデリシュターム、ピリニャーク、バーベリら逮捕さる。	全ソ第八回臨時大会、スターリン憲法採択。ゴーリキー死。
一九三七	47	トゥハチェフスキー将軍死刑嘆願書に署名拒否。タビゼ逮捕、ヤシュビリ自殺の報に衝撃を受ける。	プラトーノフ『ジャン』赤軍将軍ら軍幹部処刑。
一九三八	48	次男レオニード生まれる。創作発表の場なく、バイロン、シェークスピア等翻訳で生計立てる。	ブハーリン逮捕、処刑。ドイツ、オーストリアを併合。サルトル『嘔吐』
一九三九	49	メイエルホリドの依頼で『ハムレット』翻訳。6月、メイエルホリド逮捕。妻、惨殺さる。ツヴェターエワ帰国。	独ソ不可侵条約締結。第二次世界大戦勃発。スタインベック『怒りの葡萄』
一九四〇	50	『翻訳選詩集』出版。ジナイーダの長男アドリアン発病。ブルガーコフ死。	パリ陥落。フランス降伏。日独伊三国同盟結成。ショーロホフ『静かなドン』完結。

年	年齢	事項	世界の出来事
一九四一	51	6月、ドイツ、ロシアに進撃。長男エヴゲーニィ出征。モスクワ空襲。妻子はチーストポリに疎開。9月、ツヴェターエワ、エラヴガで自殺。	12月、太平洋戦争勃発。チーホノフ『キーロフわれらとともに』
一九四二	52	志願して従軍作家となる。イワノフ、フェージンらと戦線へ。	スターリングラード攻防戦。カミュ『異邦人』
一九四三	53	従軍記『解放された都市』、『従軍記』、「労働」新聞に発表される。詩集『夜明け前の列車にて』	スターリングラード戦勝利。ムッソリーニ逮捕。イタリア降服。
一九四四	54	翻訳『ロミオとジュリエット』モスクワに戻る。	ソ連軍攻勢に転ず。連合軍、ノルマンディー上陸。
一九四五	55	アドリアン病死。父レオニード、イギリスで死。『パステルナーク選詩集』刊行。	2月、ヤルタ会談。5月、ドイツ降服。8月、日本降服。ファジェーエフ『若き親衛隊』
一九四六	56	「新世界」誌編集局でオリガ＝イヴィンスカヤと会う。小説『ドクトル・ジバゴ』第一章の朗読会行われる。ジダーノフ批判始まり、アフマートワ、ゾシチェンコ、作家同盟を除名される。	国連第一回総会。パリ講和会議。ネクラーソフ『スターリングラードの塹壕にて』

年	年齢	パステルナーク	世界の出来事
一九四七	57	『ファウスト』の翻訳契約結ぶ。米ソ対立激化。	アメリカにてレッド・パージ始まる。
一九四八	58	2月、「平和と民主主義のための夕」（モスクワ・政経会館にて）で詩を朗読。フォルマリズム、コスモポリタニズム批判始まり、主にユダヤ系の知識人（プロップ、ジルムンスキー、バフチン、フレイデンベルグら）弾圧される。	ベルリン封鎖開始。ウィリアムズ『欲望という名の電車』 川端康成『雪国』 フェージン『異常な夏』
一九四九	59	10月、イヴィンスカヤ逮捕。強制収容所に送られる。パステルナーク訳『シェークスピア』全二巻出版。	中華人民共和国樹立。ミラー『セールスマンの死』
一九五〇	60		朝鮮戦争勃発。
一九五一	61		サンフランシスコ対日講和条約、日米安保条約調印。
一九五二	62	12月、心筋梗塞で倒れる。翌年の一月初めまで入院。	
一九五三	63	イヴィンスカヤ、強制収容所から戻る。ポメランツェフ、ソヴェト文学の現状を批判した論文を「新世界」誌に発表。	ユダヤ人医師団陰謀事件。スターリン死。

一九五四	64	文学界に雪どけの気運。『ドクトル・ジバゴ』の詩、「旗」誌に掲載される。12月、第二回作家大会。アフマートワ作家同盟に復帰。	党第一書記にフルシチョフ。エレンブルグ『雪どけ』サリンジャー『ライ麦畑でつかまえて』バーベリ、ブルガーゴフ、メイエルホリドら名誉回復。
一九五五	65	従妹フレイデンベルグ死。	
一九五六	66	『ドクトル・ジバゴ』完成。「新世界」誌に原稿送られる。ペレデルキノを訪問したイタリア放送記者に原稿渡す。原稿はフェルトリネッリ社に送られる。9月、「新世界」誌、『ドクトル・ジバゴ』の掲載拒否を通告。ファジェーエフ自殺。	8月、フルシチョフ、雪どけの行きすぎに警告。日ソ国交回復。ハンガリー動乱。ドゥジンツェフ『パンのみにて生くるにあらず』
一九五七	67	国立出版所と『ドクトル・ジバゴ』出版契約成立。『パステルナーク選詩集』出版見送られる。『ドクトル・ジバゴ』出版中止。11月、イタリアで『ドクトル・ジバゴ』出版される。	ソ連人工衛星打ち上げ。遠藤周作『海と毒薬』
一九五八	68	10月、パステルナークへのノーベル文学賞授与決定。国内でパステルナーク非難キャンペーン始まる。ノーベ	フルシチョフ、首相を兼任。

年	年齢	事項	社会の動き
		ル賞辞退。作家同盟から除名される。	
一九五九	69	妻とグルジアへ小旅行。	中ソ対立。
一九六〇	70	戯曲『盲目の美女』に着手。（未完） 4月、背中の痛みを訴え病臥。 5月30日、肺癌のためペレデルキノの自宅で死亡。	シーモノフ『生者と死者』 エレンブルグ『人・歳月・生活』
一九六三		『パステルナーク選詩集』出版。	エフトゥシェンコ『早すぎる自叙伝』
一九八六		第八回ソ連作家大会。ヴォズネセンスキーら、『ドクトル・ジバゴ』の刊行を求める。	ゴルバチョフ、「ペレストロイカ」政策進める。
一九八七		作家同盟、パステルナークの除名決議を正式に取消。	
一九八八		「新世界」誌に『ドクトル・ジバゴ』掲載。	
一九八九		パステルナーク生誕百年前夜祭開催。	
一九九〇		パステルナーク生誕百年記念シンポジウム開催。 ペレデルキノの別荘、記念館としてオープン。	
一九九一			ソ連邦崩壊。

参考文献

A　主要著作の日本語訳

『パステルナーク自伝』工藤幸雄訳　光文社　一九五九

『わが妹人生1917年夏』工藤正広訳　鹿砦社　一九七二

『パステルナーク詩集』稲田定雄訳　角川書店　一九七二

『ジェーニャ・リュヴェルス』工藤正広訳　白馬書房　一九七七

『ドクトル・ジバゴ』江川卓訳　時事通信社　一九八四

『愛と詩の手紙』江川卓＋大西祥子訳　時事通信社　一九八七

『パステルナーク詩集』工藤正広訳　小沢書店　一九九四

B　日本語による主な研究書及び参考文献

『マヤコフスキイ・ノート』水野忠夫　中央公論社　一九七三

『パステルナークの詩の庭で』工藤正広　白馬書房　一九七六

『現代詩の実験』C＝M＝バウラ　大熊栄訳　みすず書房　一九八一

『パステルナーク詩人の愛』オリガ＝イヴィンスカヤ　工藤正広訳　新潮社　一九八二

『ロシア・フォルマリズム文学論集2』水野忠夫編　せりか書房　一九八二

『ソ連邦の歴史I・II』ダンコース　志賀亮一訳　新評論　一九八五

『パステルナーク研究・詩人の夏』工藤正広　北海道大学図書刊行会　一九八八

『蘇るフレーブニコフ』亀山郁夫　晶文社　一九八九

『ロシアの革命』松田道雄　河出書房　一九九〇

『ドクトル・ジバゴ論攷』工藤正広　北海道大学図書刊行会　一九九〇

『ロシア・アヴァンギャルド5 ポエジア―言葉の復活』亀山郁夫 大石雅彦編 図書刊行会 一九九五
『文学と革命』トロツキー 桑野隆訳 岩波書店 一九九五

C著作の原典

Борис Пастернак: Собрание Сочинений Бориса Пастернака Четыре тома, The University of Mishigan Press, Ann Arbor, 1961
Пастернак Борис Леонидович: Стихотворения и Поэмы, Л. О.изд—ва 《Советский писатець》, Москва—Ленинград, 1965
Борис Пастернак: Собрание Сочинений впяти томах, Москва 《Художественная Литература》, 1989

D 邦訳のない主な文献

Guy de Mallac: Boris Pasternak-His Life and Art, University of Oklahoma, Norman 1981
A Pasternak: A Varnished Present, Oxford University Press, Oxford Melbourne, 1984
E Пастернак: Борис Пастернак, 《Советский Нисатель, Москва》, 1989
C Barnes: Boris Pasternak-A Literary Biography v 1, Cambridge University Press, Cambridge, 1989
L Fleishman: Boris Pasternak, Harverd University Press, Cambridge 1990
3 Масленикова: Портрет Бориса Пастернака, 《Советская Россия》, 1990

さくいん

【人名】

【書　名】

【地 名】

パステルナーク■人と思想145　　定価はカバーに表示

1998年2月16日　第1刷発行©
2015年9月10日　新装版第1刷発行©

・著　者 ……………………………… 前木(まえき)　祥子(さちこ)
・発行者 ……………………………… 渡部　哲治
・印刷所 ……………………………… 広研印刷株式会社
・発行所 ……………………………… 株式会社　清水書院

〒102-0072　東京都千代田区飯田橋3-11-6
Tel・03(5213)7151～7
振替口座・00130-3-5283
http://www.shimizushoin.co.jp

検印省略
落丁本・乱丁本はおとりかえします。

CenturyBooks

Printed in Japan
ISBN978-4-389-42145-8

Century Books

清水書院の〝センチュリーブックス〟発刊のことば

近年の科学技術の発達は、まことに目覚ましいものがあります。月世界への旅行も、近い将来のこととして、夢ではなくなりました。しかし、一方、人間性は疎外され、文化も、商品化されようとしていることも、否定できません。

いま、人間性の回復をはかり、先人の遺した偉大な文化を継承して、高貴な精神の城を守り、明日への創造に資することは、今世紀に生きる私たちの、重大な責務であると信じます。

私たちがここに、「センチュリーブックス」を刊行いたしますのは、人間形成期にある学生・生徒の諸君、職場にある若い世代に精神の糧を提供し、この責任の一端を果たしたいためであります。

ここに読者諸氏の豊かな人間性を讃えつつご愛読を願います。

一九六七年

清水梅山

SHIMIZU SHOIN